Atmosphären eines Nachkömmlings

Manfred Kuhn

Das Vergangene ist nicht tot;
es ist nicht einmal vergangen.
Christa Wolf, Kindheitsmuster

Bibliografische Information der Deutschen
Nationalbibliothek: Die Deutsche Nationalbibliothek
verzeichnet diese Publikation in der Deutschen
Nationalbibliografie; detaillierte bibliografische Daten sind
im Internet über dnb.dnb.de abrufbar.

Herstellung: BoD – Books on Demand, Norderstedt

ISBN: 9783752823394

Inhaltsverzeichnis

I

Erste Annäherung

Dunkel umfängt mich. Ich liege mit geschlossenen Augen. Ich weiß, dass bläuliches Dunkel im Raum schwebt, wenn ich die Augen öffne. Leise surren die abgeblendeten Lichter an der Bodenleiste. Ich , Ulrich D., geb. 1941, fünfzig also, registriert auf der Karte am Fußende, warte auf das erste Morgenlicht. Im Nacken drückt der Schlauch, der aus der Wunde führt. Die Stücke aus dem Knochen des Rückens sind schon entnommen. Ich öffne die Augen. Über mir wölbt sich die kahle Zimmerdecke, unter mir fließt der unerreichbare graue Boden in alle Winkel. Der erste schwache Schimmer schiebt sich von außen in den Raum und beginnt sein trennendes Geschäft. Das fahle Licht der Lampen hinter dem Kopfende steht schon auf verlorenem Posten. Noch regt sich nichts auf dem Flur, die Formen ringsum warten ungerührt auf Farbe und Leben.

Jeden Tag kommt Besuch. In schiefer Lage grüße ich aus den Kissen. Auch beim Nachbarn sehe ich, wie schon mit dem Augenblick des ersten ersehnten Grußes die Erwartung, die Besucher möchten wieder gehen, mit deren Wunsch, sich wieder zu verabschieden, bis zu sekundenlangem Schweigen sich verdichtet. Bis zum ersten zaghaften Öffnen der Tür zu unserem Krankenzimmer waren wir uns einig, dass wir unsere meist angekündigten Besucher ungeduldig herbeiwünschten. Jetzt drehen wir in dem aufgespannten Schweigen unsere Hände wie in heimlichem Einverständnis verlegen um und um, bis der erste seinem Wunsch zu gehen endlich erliegt und dann kein Halten mehr ist. Anna hat zum Glück nur angerufen und sich alles haarklein erzählen lassen. Sie, die Schwester, stört die Verpackung in Floskeln nicht, die ich reichlich verwende, um im Redestrom zu bleiben. Eva kommt natürlich jeden Tag, auch die Kinder sind meist dabei, gestern nur Sven, Lisa hat ihre Verabredung vorgezogen. Während Sven mehr von der Seite her nach gravierenden Veränderungen bei mir Ausschau hält wie ein ungeschickter Detektiv, bringt Eva Nützliches und neuerliche Grüße der Kollegen aus dem Institut. Von dort war eine kleine Abteilung erschienen mit Blumen und kleinen Florentiner Keksen. Ich hatte Marliese ein paar Mal nach Hause gefahren, ihre leise Stimme und ihre spöttischen Reden hatten es mir angetan, jetzt guckte sie besorgt wie die Anderen auf die Bettdecke, als gelte es noch unerkannte Verwundungen zu entdecken. Dabei waren sie mir im Flur entgegengekommen, als ich in kleinen rutschenden Schritten bereits laufen konnte. Sie stoppte ihre Bewegung, mich im Gruß zu umarmen, gerade noch rechtzeitig, als ich, zu spät damit rechnend, weiter mit den Händen den Bademantel zusammenhielt und einen Schritt zurückschlurfte.

Jetzt liege ich noch immer für mich. Die Erinnerung an die Schieflagen der letzten Tage zieht wieder ab. Ich bleibe aber auf ihrem Kurs. Mit jedem Atemzug fallen im Grau der Dämmerung erst Tage, dann Jahre und Jahrzehnte zurück. In lautloser Schnelle fährt sie hinein in die immer endloser sich dehnenden Weiten der Vergangenheit. Im Auf und Ab der atmenden Brust, im Pochen des Herzschlags öffnet sich der Blick. Langsam, mühelos lasse ich mich an beliebigen Stellen hinaustreiben, beliebig wie die Stationen einer stillgelegten Strecke.

II

Verdunkelung aufgehoben

1944

Die Glühbirne vor der schwarzen Wand des Kellergangs war mit blauer Farbe bestrichen. Die haarfeinen Spuren des Pinselstrichs und der matte Geruch drangen scharf von dem heißen Glas auf das kaum dreijährige Kind ein, das auf dem Arm seines Vaters wie auf dem Rücken eines Kamels mit hartem Nacken schwankend der Glühbirne ausweichen musste. Immer noch röhrte die Sirene, deren steifer und deplazierter Pilz auf einer Hausecke in der Nähe Uli bei jedem Anblick in den Schlund des an- und abschwellenden Heultons in allen folgenden Jahren zu reißen drohte, bis irgendwann der Pilz abmontiert war. Der Vater erklärte das schwache blaue Licht mit „Verdunkelung", ein Wort, das in seiner rätselhaften Länge den Kellerraum bis an den warmen Hals des Vaters heranholte und dem in der Tiefe verendenden Sirenenton standhielt.

1954

An den Luftschutzkeller hatte Uli weiter keine Erinnerung.
Zehn Jahre später, nur langsam konnte Uli glauben, dass sich
ohne Marken einkaufen ließ, was gerade jemand wollte, und
die bräunlichen kurzen Stangen, die er sich unter „Bananen"
vorstellte, hatten sich in die tatsächlichen gelben Früchte
verwandelt, in den 50ern also, rannten Uli, Anna, die jünge-
re Schwester, und die Freunde aus dem Haus in den schon
dunklen Abend. Am Ende der kurzen, nur knapp beleuch-
teten Straße bogen sie in die Hauptstraße. Wenige Wochen
vor Weihnachten leuchteten die Auslagen kräftiger als sonst,
noch auf den Platten des Bürgersteigs herrschte schwaches
Licht, Uli riss die Schwester an die Fenster, in denen spärliche Girlanden aus bunten Lichtern Beckings Kaffee und
Tee von Walter Meßmer, NUR HIER-Brot und Rotermunds
Papierwaren mit Füllern und Zirkeltasche bestrahlten. Ein
Höhepunkt dieser Ausflüge in die allmählich aufblühende
Warenpracht war jedes Mal Lindtners Konditorei, wo der
riesige Baumkuchen stand, der so irrsinnig teuer und von so
unvorstellbarem Geschmack sein sollte, dass Uli, als er viel
später tatsächlich ein Stück davon aß, nicht ohne betäub-
te Andacht und entrückten Geschmackssinn in solchen Ku-

chen beißen konnte. Der Weg hin und her gehörte den Kindern wie weniges sonst. Schon am Rand nicht mehr erlaubter Nachtzeit dehnten sie springend und jagend von Licht zu Licht den Abend. Der helle Sand der riesigen Baugrube für Karstadt begleitete sie ein Stück, dann kam das ROXY, das gerade fertiggestellt war. Links und rechts rahmten Schaukästen den triumphalen Durchgang unter den gewaltigen Lettern ROXY zum Eingang des Kinos. Schon hingen die Bilder auch für den nächsten Kinderfilm am Sonntagmittag aus. Besonders beliebt waren die Filme mit Pat und Patachon, die später als Vorläufer und ältere Brüder von Dick und Doof dunkel in Erinnerung blieben, ihre wackelnden Bewegungen auf Katastrophen zu, die sie sich gegenseitig im flimmernden Schwarzweiß zufügten und gemeinsam trugen. Uli spürte im ruckhaften Vorwärts der Geschichten das Verketten der Bilder, und die Lust zuzuschauen zog ihn aus dem Dunkel der Sitzreihen hinein in die Aktionen mit Latten und Leitern, Farbkübeln und bockendem Vieh. Häufiger gab es Western zu sehen von einer betäubenden Fremdheit und Echtheit, wie Uli sie später nie mehr zu sehen glaubte: Die Helden der Saloons in bestickten Westen und mit hängenden Colts, die Indianer, die geölten Muskeln frei in der Sonne, mit ihren Tomahawks und befransten Leggings prallten in der staubigen Prärie aufeinander, und Mut, Verschlagenheit, Verzweiflung, Sieg erfüllten die pochenden Adern mehr als die Spiele, die Uli und Anna mit den Kindern der Straße durch die Parkanlagen trieben. Die Flut ebbte erst ab, wenn die letzten Bilder, manchmal schon rissig und unter hellen Blitzen, in die Filmrolle entschlüpften und im allmählich erleuchteten Saal die Kinder sich in Richtung der Schwingtüren zum Ausgang zurechtfanden. Annas Hand griff nach

15

seiner. Schon spürte Uli beim Blick in die Kästen die Unruhe und Angst des kommenden Sonntags, wenn Anna und er endlich ans Ende der Schlange stürzen durften, bei jedem weiteren Schrittchen verzweifelt, es könnte der letzte sein. Er war vorgekommen, der schreckliche Ruf: „Ausverkauft!" Dann im Saal, im Chor der Glückseligen, wenn das Licht langsam verlosch, verdrängt vom „Ah!" aus hundert Kehlen. Nun am Abend schlenderten Erwachsene zu den Flügeln des Glastores und an die Kasse, über die kostbaren roten Teppiche zur alles besiegelnden Schwingtür ins Dunkel. Uli bewunderte ihren eleganten Gleichmut, der sie hier alle umfing, woher und wohin sie sonst auch kommen und gehen mochten. Später hatten die Eltern manchmal von hier gesehenen Filmen erzählt, vom „Glöckner von Notre-Dame" oder vom „Hund von Baskerville", lustvolle Schrecken, die den Platz, den sie sogleich in Uli ergriffen, nie wieder preisgaben. Hier also war die letzte Station ihrer Ausflüge, denn gegenüber ging es zurück in ihre kleine Straße, die jetzt still auf die Heimkehrer wartete, und sie tauchten ein ins Licht ihrer Küchen und Stuben.

1964

Die Bäumchen waren mager. Die Orangen, kaum größer als Nüsse, würden nicht die gewohnte Größe erreichen. Die Plattform der Busstation rahmte ein blasses Blau. Die Luft war kühl. Es war gerade fünf Uhr am Morgen. Das Licht hing rein und klar über der Platia Amerikis, einstmals Platia Agamon, Platz der Ledigen. Am Wartehäuschen tänzelte bereits Guntram, Karte und Proviant in der Hand, im Gespräch mit Angie, der Amerikanerin, als Uli mit seinem Beutel dazukam. Guntram stammte aus Hannover, Student der Archäologie, ausgestattet mit Stipendium für ein Jahr, hager und geübt, von oben zu gucken, egal ob in Ausgrabungsschächte, topographische Spezialkarten, Fahrpläne oder fremde Gesichter. Seine trockene Heiterkeit, immer gestützt auf seine korrekten Formulierungen, würde den ganzen Tag über unberührt bleiben von der kommenden Hitze des Frühlingstages und den Strapazen der Wanderung auf die Höhen des Imittos. Sein Englisch war so unenglisch wie sein Neugriechisch deutsch. Angie lachte: „It's the prerogative of women to change their mind." Uli kam einen Satz zu spät, um zu verstehen, worauf Guntram bestehen wollte. Der Bus in den Athener Vorort tauchte am fernen Ende der noch freien Allee auf, zur angegebenen Minute, wie Guntram spöttisch vermerkte. Uli blinzelte im frühen Licht, noch den Geruch der Seife an den Händen. Leichter Staub wehte über die Steine der Haltestelle, als der ältliche Bus in seinem matten Blau zum Stehen kam. Noch lag klare Kälte um alles und ungetrübt schwebten die Farben in den Zweigen der schmalen Apfelsinenbäume. Noch bevor die Arbeiter, Büroleute, Hausfrauen, Schulkinder den Bus überfüllen würden, war er über den inneren Kreis der Stadt hinausgeschwankt und durchquerte jetzt zügiger die Vororte mit ihren niedrigen gelben Häusern, Hütten und Garagen, in denen Wohnungen, Werkstätten und kleine Spielflächen für die Kinder ineinander verkeilt auf Staub und Hitze warteten wie die schmalen, wackligen, holzbeinigen Korbstühlchen vor manchen noch verschlossenen Türen auf die immer gleichen Gäste, die bald den Tag lang an ihrem Mokka sketo nippen würden. Die Drei standen und wankten hin- und hergeworfen, als sie über die Ebene hin die flachen Ränder der Stadt sich verlieren sahen. Uli liebte das Geräusch der Reifen auf dem Asphalt und das Sausen der Luft in den schmalen Fensterklappen, während sie mit ihren Blicken das Gleichgewicht zu halten versuchten, wenn die Blicklinie wegsprang, zurücksprang ins Auge der andern. Die Höhenzüge des Imittos waren herangerückt, der Fahrer zog den Bus in die Kehre, wie es nur an Endstationen geschieht, und nach einem letzten Ausfall der Schritte sprangen sie durch die rappelnde Tür fast als einzige auf den Dorfplatz. Guntram führte erneut seine Theorie aus, auf den Hängen des nahen Bergrückens solle, wenn auch nach seiner Vermutung eher wohl auf der Höhe des Imittos, der spärliche Rest eines Zeustempels, vielleicht nur die Spuren seines Platzes, zu finden sein, nicht zu

18

entdecken allerdings in seinem Kirsten-Kraiker, dem sonst einigermaßen peniblen Führer, sondern als Gerücht seiner Lehrer über gefallene Säulentrommeln mitgeschleppt hierher. Angie tat ein paar Schritte und Uli fasste den Platz ins Auge. Platanen standen dicht um das erstaunlich große Geviert, kleine gelbliche Häuser verdeckt dahinter, Läden, ein Kafenion, noch keine Menschen. Uli fühlte das Licht, das durch das Grün des Laubes drang und anstelle des leichten Windzugs selbst die Blätter zu wenden schien. Es zog auch durch ihn hindurch, und mit jedem Atemzug wischte es mit der Kraft des Ozeans in Flut und Ebbe aus ihm fort, wovon er nicht zu sagen gewusst hätte, was es war.

III

Zweite Annäherung

Wo befinde ich mich? Das Jetzt der Gegenwart pocht nicht mehr auf seine Wirklichkeit, ein feines Sirren im Zimmer, hier und da ein kleines Rumpeln vom Flur, auch das bleibt schattenhaft. Niemand außer mir sieht das einsame Licht in dem Land, in dem ich mich bewege. Ich verweile in dieser Welt meiner früheren Jahre, wie im Schein eines fernen Sterns auf einem fremden Planeten. Nur wenige Konturen erkennbar, Wege, Ecken, Ebenen, die unbeteiligt warten, ob ich komme oder nicht. Abgesprungen bin ich von den sicheren Geleisen mit den vertrauten Halteplätzen, zu denen längst eingefahren ist das Hin und Zurück. Tastend verlasse ich die gewohnte Bahn, wo schon das erste Abbiegen in unbekannte Straßen und Plätze versetzt. Verloren ist das alte Licht der Gegenwart, das von der Sonne flutend alles mit scharfen Schatten versieht. Schattenlos liegt unter dem nächtlichen Firmament die fremde Welt, in der niemand spricht, Schweigen herrscht. Kaum setze ich langsam Fuß vor Fuß, regt sich die Landschaft. Alles lebt auf im fahlen Schein, wenn ich es erfasse, und bleibt doch versiegelt und unberührt, als wollte es beweisen, dass vergänglich nur die Gegenwart, aber niemals das Vergangene ist. Ich bin eingedrungen, ich beginne zu atmen unter diesem Firmament, das, ich weiß es wohl, bleibt, auch wenn es im Licht der Gegenwart verschwunden bleibt.

Wie sich das fremde Land regt, regt sich mein Leib. Gerüche steigen auf, Gesichter und redende Münder ziehen vorüber, Augen blicken, Linien im Hell und Dunkel, Hartes und Weiches. So kann ich nicht weiter. Ich warte, dass sich das legt. Wie im Dampf der Kugel eines gebannt wartenden Wahrsagers mache ich Gestalten aus, lasse sie heraustreten, bin ich bei ihnen.

IV

Im Dunkel

Nach Hause

Die etwa vierzigjährige Frau, klein und eher stämmig, schritt kräftig aus. Die Dämmerung ging bereits in die volle Nacht über. Sie schob die Kinderkarre mit der linken Hand vor sich her, an der rechten lief ein fünfjähriger Junge, während die zweijährige Anna zwischen den Kartoffeln in der Karre schon in Schlaf gefallen war. Im ersten Jahr nach Kriegsende waren die Straßen um diese Zeit fast menschenleer, nur selten tauchte ein Fahrzeug auf. Die Zäune und Hecken, die Fronten einiger zurückliegender Häuser zogen als vertraute Marken vorüber. Die Frau war nicht ohne Angst, aber sie legte ihren entschlossenen Gang und ihre Trostworte auf die oft wiederholte Frage „Wie weit ist es noch?" wie eine Decke um ihr Kind, das mit den eiligen Schritten mithielt. Uli spürte den Rest dunkler Erde, der ihm vom Spielen noch unter den Fingernägeln geblieben war. Die Mondsichel sah er in dem kaum noch bläulichen Himmel stehen, während der Rock der Mutter an seiner Hand spielte. Das schwindende Licht ließ die vertrauten Konturen fremd werden, als wäre die Schutzhülle des Gewohnten weggezogen, aber jede Stelle kündigte doch das Näherrücken der abendlich warmen Wohnung an, und indem sich beide darüber verständigten, sicherten sie damit auch die nächsten Minuten.

Die Küche

Die Küche war groß, Wände und Boden gekachelt, früher, vielleicht bis zum Krieg noch, das Reich der Hausmädchen, der Köchin vor allem. Immer noch ließen sich an die um den Herd laufenden Messingstangen Tücher und Schürze, Kellen und Haken hängen, seine Fläche diente aber nur als Abstell- und Arbeitsfläche. Die Ringe auf der Feuerstelle wegzudrücken war für Uli und Anna wie das Öffnen eines guten Stücks alter Zeiten. Jedes Mal mischte sich die Überraschung, dass der gerade herausgepulte Ring nicht in das Loch hineinrutschen konnte, unversehens mit der Furcht, dass schließlich doch alles im Durcheinander zusammenfiele, und der Angst, dass also an dem kalten Aschenplatz aufgerührt würde, was verschlossen gehörte. Gleich neben dem alten Herd rauschte das Gas vertraulich aus dem neuen. Hier wurde anfangs in einem großen Kübel das Badewasser heiß gemacht für die weißen irdenen Waschbecken daneben. Zum Baden saßen Anna und Uli auf Handtüchern, die auf dem großen Küchentisch ausgebreitet waren; die Beine baumelten herunter, gerade noch beim Ausziehen von der Mutter von Hose und Strümpfen freigestreift. An deren feste Arme geklammert, ging es dann flugs in das dampfende

Wasser, das aus dem großen Zinnkübel heiß in das Becken gekracht war und unter dem mächtigen Strahl kalten Wassers allmählich seinen Schecken verlor. In der warmen Küche stand der Wasserdampf. Die Hand der Mutter fuhr energisch prüfend durchs Wasser, dann waren die beiden zum Einweichen für einige Zeit für sich gelassen. Der obere Rand des Steinbeckens war glatt und kühl, umso wunderbarer das Wasser. Wildes Gespritze und Streit um den Platz für die Beine und Füße. Das wurde nicht weniger, wenn dann die Mutter mit Seife und Lappen herumfuhr, mit den Zehen und Fingern und Ohren spielte; Geschrei und Gebibber, als wäre es nicht das Schönste von der Welt. Unter den Achseln gepackt, mit kräftigem Ruck dann und in Tropfen schleuderndem Schwung wieder aufs Handtuch, die Füße gestemmt an Bauch und Brust der Mutter, ergeben dem Reiben und Drücken, bis wohlig und duftend die eigene Haut allmählich Uli umschloss.

Köpfe

Riesig stolzierten die beiden Frauen, Mutter und Tochter, mit einem Aufschrei von der Haustür in den Flur. Mit ihren massigen Körpern brachten sie die Anstrengung des Aufstiegs zur dritten Etage bebend zum Ausdruck, ineins schon schnaufend in gieriger Erwartung der unzähligen Kannen schwarzen Tees und der Berge geschmierter Brote, die sie würden bewältigen müssen. In der großen Küche war gedeckt. Der „Panzergeneral" saß bereits am Tisch, näselnd und wild gestikulierend zum hundertsten Mal dabei, seine Theorien über den Verlust der Ostfront und die glänzenden Aussichten der Raketentechnik Oberths unbekümmert verbreitend. Der Kopfschuss, von dem in der Familie die Rede war und der in dem endlosen Gespinst größenwahnsinniger Erinnerungen des „Panzergenerals" den einzig realen Anhaltspunkt zu geben schien, machte für Uli immerhin doch einen Anlass, in der braungebrannten Stirn und auf der schon recht entwickelten Glatze des unentwegt redenden Mannes das Loch zu suchen, aus dem dies alles floss; es war aber nur ein bemerkenswerter brauner Fleck an der Seite der Stirn, der Ersatz bot und bei längerer Betrachtung vielleicht doch gefährlichen Ursprungs zu sein schien. Kaum hatten sich die Damen Wurster, so ihr tatsächlicher Name, donnernd niedergelassen, kam hinter ihnen her der Wurster Franz zum Vorschein, der Vater der gewaltigen Tochter. Klein von Gestalt, schon bald im Pensionsalter, trug er Kleidung, die ohne weiteres den Feuerwehrmann zeigte, der er war. Für Uli jedenfalls war sie der blitzende Ausdruck, dass unablässiger, wenn auch niedriger Dienst dem Wurster Franz die Kraft verlieh, den Ehemann und Vater der Wurster-Damen abzugeben. Berühmt-berüchtigt war in der Familie Franzens Kopf. Er wies an der Hinterseite eine wahrhaft erstaunliche Abplattung auf. Sie war so stark, dass sie gegen alle Vernunft auch von vorne schon wahrgenommen wurde und für Uli um die dürre Gestalt einen Hauch von Fremdheit, fast schon Geheimnis legte. Allerdings war davon bald nichts mehr zu spüren, wenn unvermutet der Redestrom des „Panzergenerals" eine lange, umständliche Erzählung bei Franz losbrach, die sich auf seinen Dienst im deutschen Afrikakorps vor oder während des Ersten Weltkriegs bezog. In lachhafter Emphase ging es dabei um Situationen, die für einen Feuerwehrmann ganz unberechenbar und aufs äußerste gefahrvoll sind, selbst von Löwen in nächtlicher Steppe war die Rede, so dass die Panzer der Ostfront im nahen Hauch der Raubkatzen ihre ganze Gewalt jäh einzubüßen drohten. Was Uli wahrnahm, war die für ihn so schwer verstehbare Mischung aus dem lauten, gackernden Spott der augenzwinkernden Zuhörer und der echten Begeisterung in der Runde, mit der der Erzähler zu immer wilderen Einzelheiten getrieben wurde, bis er augenrollend seinen flachen Kopf auf die Tasse Tee senkte. Uli empfand die Gefährlichkeit der Lage, in der Franz so tapfer erzählte, wenn es auch nicht die nächtlichen Löwen waren, die es für ihn zu vertreiben galt. Laut ging es jedenfalls zu. Ulis Vater begann immer öfter seine bösen Blicke in Richtung der Wurster-Damen zu schicken. Ihre plumpe Lebenslust, die ihnen aus allen Poren dampfte, reizte ihn bis hin zu Zwischenrufen, die das „damische Geschwätz" brandmarken sollten; aber nur der offene Rausschmiss hätte es beenden können. Dazu sollte es bei anderer Gelegenheit einmal kommen; jahrelanges Gerangel um Einladungen, um abgelehnte Versöhnungen und tränenreiche Entschuldigungen war die Folge gewesen. Während die älteren Brüder immer noch einmal versuchten, die ewig sich wiederholenden Geschichten des „Panzergenerals" neu zu entfachen oder Franz zu noch ungeahnten Abenteuerberichten aus dem Kolonialkrieg zu bewegen, verbreiteten die Wärme der schwitzenden Körper, das immer wieder dampfende Teewasser, das viele Licht der Deckenlampe die Müdigkeit in Uli. Er rutschte von der Bank, hinaus aus der Küche, von der im Dämmerlicht des Flurs nur noch die hellen Glasscheiben zu sehen waren, hinter denen es weiter brummte und summte. Anna atmete ruhig, es war ein wenig kühl in dem Zimmer, in dem sie schliefen.

Der Besuch

Das Erstaunlichste an Frau Kufahl waren für Uli der unablässig redende Mund, der wie eine Zerkleinerungsmaschine einen Faden zerlegte, von dem offen blieb, ob er von innen nach außen gesponnen oder von außen nach innen eingeholt wurde, und die Füße, die leicht nach innen gewendet in braunen Stiefelchen in der Luft hingen. Frau Kufahl hatte sich emsig auf einen Stuhl in der Küche geschwungen und genoss das Wohlwollen, in das auch sie noch eingelassen wurde. Vielleicht hatte sie das ihrer außerordentlichen Kleinheit zu verdanken, denn ansonsten war alles an ihr von einer aufdringlichen Hässlichkeit. Uli, befreit von jeder Verpflichtung, auf ihren Redestrom zu reagieren, blickte fasziniert in Frau Kufahls Gesicht, das aus vielerlei kleinen fleischigen Rundungen ohne Halt zerfloss und wieder zusammenrollte. Ulis Mutter ging weiter ihren Arbeiten nach, zwischendurch, um der Höflichkeit Genüge zu tun, schnell ein Kaffeewasser auf den Herd setzend. Frau Kufahl brachte den Geruch der Souterrainwohnung mit, in der ihr Mann schneiderte, er drang aus ihrem schweren, filzigen Mäntelchen, saß in ihrem bräunlichen Hut, dessen Form unfasslich wie ihre Rede war und den sie die ganze Zeit nicht absetzte, und befestigte in Uli die Überzeugung, dass Armseligkeit eine Art filziger Gemütlichkeit in Tönen dunklen Brauns hervorbrachte. Einmal war er an der Hand des Vaters die drei, vier Stufen zur Wohnung der Kufahls hinabgestiegen. In schläfrigem Takt tappten die Pfoten des altersschwachen Negus übers Stragula, das in allen Gängen ausgelegt war. Alt und gebeugt wie sein Hund saß der Mann Frau Kufahls am Schneidertisch, ein dünnes gelbliches Wolljäckchen spannte sich über den krummen Rücken. Der beißende Geruch gerauchter Zigarren verdrängte Frau Kufahl hier zu einer unterwürfigen Nebenfigur. „Komm hier, Negus!" Ulis Vater liebte Hunde, aber dies Angebot seines Gastgebers blieb unerwünscht, genauso wie das angebotene „Gläschen", von dem Uli wusste, dass zu Hause von seinen schmierigen Rändern die Rede sein würde. Entschlossener als die Besuche Frau Kufahls beendete Ulis Vater den Aufenthalt, und während Negus von der Schwelle in die dunklen Räume zurückgerufen wurde, blinzelte Uli in das sonntägliche Vormittagslicht, seine Hand in der trockenen, knochigen des Vaters.

Herr Lampe

Für jeden in Ulis Familie schien Herr Lampe, kaum war er laut lachend in den Flur hereingestürzt, die unbegrenzten Möglichkeiten der Nachkriegsjahre höchst persönlich zu präsentieren. Er kam aus Niedersachsen; irgendwie musste sein Weg unausweichlich durch ländliches Gebiet und das Spalier reicher Bauern führen, die es hinnahmen, wenn von ihren Würsten und Schinken eine beliebige Zahl in den Koffern Herrn Lampes wanderte. Dieser Koffer aus verstärkter Pappe besaß imposant sich wölbende Eckenverstärker, die Uli die Macht wirtschaftlicher Überlegenheit bewiesen. Undurchsichtig blieb, wie bei jedem der gelegentlichen Besuche der eine oder andere Wurstabschnitt in der Küche gelassen wurde, denn offensichtlich zeigte Herr Lampe mit ausladender Geste und jovialer Stimme die ganze Pracht des geöffneten Koffers nur, um gleich darauf, wenn alle Umstehenden noch geblendet dastanden, die Schätze wieder einzuschließen. Uli genoss die strahlende Sicherheit, die Herrn Lampe unangreifbar umgab, weil er schon wusste, dass die Mutter, assistiert vom Rest der Familie, kaum hatte Herr Lampe mit Koffer und fliegendem Mantel die Wohnung verlassen, zu schimpfen und zu spotten beginnen würde. Es würde ihr dann gelingen, in Uli das Bild eines hohlen Koffers, der kaum die Pappe wert war, aus der er fabriziert war, zu verschmelzen mit dem des billig sich selbst lobenden Mannes, der in seiner Dümmlichkeit immerzu vergaß, dass Kinder Wurst essen müssen. Und so genoss Uli die wundersame Erscheinung des Herrn Lampe, ohne ihr zu verfallen.

Der Keller

Ganz oben, schon an der weiteren Lichtung nach der Treppenbiegung vom dritten Stock aus um den dichten Drahtkäfig herum erkennbar, in dem der Aufzug hinauf- und hinabglitt, wurde es fast taghell. Die Wohnungen des obersten Stockes, dort wo in anderen Häusern die Bodenräume auf seltene Besucher warten, lagen wie im Freien unter dem Glasdach des Treppenhauses. Nur gelegentlich kamen Anna und Uli, geschickt mit einer Mitteilung an den Hauswart, zu dem ein dann doch wieder dunklerer Seitengang führte – auch war das eigentliche Reich des Hauswarts Stuhlmacher der Keller -, hier hinauf, als endete die Welt im Stockwerk darunter, wo sie wohnten. Endlos erschien Uli der Aufstieg bis zu ihrem Stockwerk, Müdigkeit hängte sich bleischwer an die Waden, obwohl gerade erst der Eingangsflur zur Sängerin passiert war, die ganz unten in tiefem Dunkel hauste und immer seltener ihre früher sicher glanzvollen Koloraturen durchs Haus nach oben jagte. Weit war es durch die Abzweigung des Treppenhausflurs bis zu Wohnungstür jener Frau Krause, die Uli nie außerhalb und nur einmal im Innern einer Stube erspäht hatte, als ein ungeheuerlicher rätselhafter Vorfall, vielleicht die Kapitulation – das Röhren der bri-

tischen Panzer von der nahen Hauptstraße fiel in die Zeit -,
den Vater bis in die Wohnung der Sängerin getragen hatte, die Meldung zu bringen. Gegenüber, die Haustür gleich
vorne an, waren in das früher ja hochherrschaftliche Haus
die Schraskas einquartiert worden, Proleten allesamt, wie es
im Haus überall zu hören war. Die gekrempelten Strümpfe
der dicklichen Frau Schraska mit den wuchtigen Armen, die
mit Leichtigkeit die zahlreichen Kinder durch die Wohnung
und in den hinteren Garten katapultierten, jagten Uli keinen Schrecken ein, aber er staunte, dass es auch nach unten
hin Abstände gab, die in unüberbrückbare Ferne reichten.
Fiel ein Wäschestück manchmal vom Balkon in den Garten
der Schraskas, ließ Uli sich ungern schicken, aber schwie-
rig fand er es nicht. Vorbei also an Frau Krauses dunkler
Höhle und Schraskas immer turbulenten Familienkampfring
begann der Aufstieg zum lichtlosen ersten Stock. Den Fahrstuhl benutzten nur die Erwachsenen mit ihrem Schlüssel. Er
war für Uli eine in Farben, Gerüchen und Geräuschen uralt
vertraute Kammer, die er beim Hochsteigen umkreiste. Auf
dem Arm des Pflichtjahrmädchens hatte Uli wieder und wieder auf dem Weg in den Luftschutzkeller im Haus gegenüber
die Nacht auf der langen Fahrt in die Tiefe genossen. Das
Schlurfen der Gleitschienen an den Stockwerkstüren, das
Hinaufwandern der gelblichen Drahtmaschen dicht an den
länglichen Glasscheiben der Tür des Fahrstuhlkorbes vorbei,
das Rot und Grün der Seitenfenster, die ihn, er war warm in
Inges Arme gehüllt, anblickten, mischte sich mit dem abge-
standenen Ledergeruch der kleinen klappbaren Sitzbank und
dem Duft, der durch Tücher und Decke auf Inges Nacken
kam. Glitt der Fahrstuhl an ihm beim Auf- oder Abstieg
vorbei, war später dieser kleine Raum wie ein Stück Ge-

genwart, das ihm allein gehörte, an keine Zeit und keinen Ort mehr gebunden. In der Finsternis des ersten Stocks bog gleich links ein kleiner Seitenflur zu den Hartmanns. Besuchte Uli den gleichaltrigen Kai, war das gemeinsame Spiel selten von langer Dauer; meist stand schon gleich nach dem zaghaften Klingeln der riesige Mann im Flur, dessen vierkantiges, immer hochrot fleischiges Gesicht stets von hoch oben machtvoll lachte, als gelte es, gute alte Kameraden zu begrüßen. Er war eines Tages wieder da gewesen – wie es bei Ulis Eltern hieß, hatte er eine Zeitlang „gesessen". Für Uli verringerte dieser unheimliche Hinweis auf noch höhere Gewalten keineswegs den Zwang, dem jovialen Freundlichsein des Herrn Gerichtspräsidenten Dr. Hartmann mit Blick und Bewegung auszuweichen, während der unter Kindern empfindliche und oft weinerlich schwächliche Kai solche Kraftbeweise seines Vaters offenbar genießerisch auf sein Konto verbuchte. Die Frau erschien nie bei den Kindern, sondern war mit ihrer eigenen nicht weniger damenhaften Mutter im Wohnzimmer verborgen, das den Kindern streng verschlossen blieb. Nur einmal in sehr früher Zeit war Uli in der Weihnachtszeit zu einer Art Nachfeier hinein- und hinzugekommen, merkwürdig aufgeregt, dass an die Stelle der ihm gewohnten christlichen Figuren und Reden Lieder und Texte zum Vortrag kamen, in denen von deutscher Feier, deutscher Größe und deutscher Familie im deutschen Walde gesungen und gelesen wurde. Uli wusste in großer Verwirrung nicht, ob die Blicke höhnisch oder nur erwartungsvoll lauernd auf ihn gerichtet waren. Auch hier der übermächtige Zwang zum Ausweichen und die letzte Rettung in dem ihm wie einer ganz ausgeleerten Gestalt bleibenden Gefühl, dass doch er es noch war, dem das widerfuhr. Leichter war es für Uli, wenn der unberechenbare Riese in fernen Zimmern oder im Flur im Anmarsch aufs Kinderzimmer zu brüllen anfing; wir wussten schon an Kais geduckt stolzem und angstvoll frohem Grinsen zu erkennen, dass das die Ohren zerschmetternde und immer wiederholte „Wo ist dieses Schwein!" nicht Kai oder gar uns anderen Jungs, sondern harmlosen Leuten galt, die uns – Kai wusste es so schon der Mutter zu erzählen – Schaden zugefügt hatten: älteren Kindern von der Straße, einmal auch einem Autofahrer, den wir mit einer Papierkrampe beschossen hatten und der erbost Kais Wohnung ermittelt und sich bei der Mutter beschwert hatte. In diesem Falle wollte das Gebrüll, das Kais Vater uns vorführte, schier kein Ende nehmen, Uli spähte aus, ob so maßloses Getobe nicht schließlich als bloßer Spaß in sich zusammenbrach, es geschah aber nicht. Zwei Tage später mussten Kai und Uli sich in sauberer Kleidung zwei Häuser weiter bei dem „Schwein" melden und manierlich entschuldigen, unter den wohlwollenden Augen der beiden Herren, die eine rätselhafte Freundschaft und Verbindung miteinander entdeckt haben mussten. Es bedrängte Uli, dass Kai auf dem Rückweg von dem Stück Süßigkeit schwärmte, das der Herr neben Kais Vater ihnen nach der Annahme des Entschuldigungsspruchs in die Hand gedrückt hatte, die auch Uli vorsichtig und ängstlich hinhalten musste. Ohne Ausweg und benommen nahm Uli wahr: Es stimmte alles nicht. Fand Uli die ersten Stufen zum nächsten Stock in blinder Sicherheit, kam bald ein graues Licht auf, das mit jeder Biegung der Treppen aufklarte. Zügig ließ er die Wohnungen des Prof. Laun, eines namhaften, aber doch kleinen, fast zwergenhaften Männleins, und des Polsterers Wiegel vom zweiten Stock hinter sich und gelangte auf die vertraute Ebene der unmittelbaren Nachbarn, schon den Zeigefinger auf den Klingelknopf gestreckt, der unweigerlich die Melodie einer unverwechselbaren Schrittfolge hervorrief, bis die geöffnete Tür auch leibhaftig zeigte, wer zu Hause war. Uli träumte oft: Er hielt sich an den Holzstäben des Treppengeländers, das die Treppen gegen den schmalen tiefen Spalt sicherte, der sie vom Käfig des Fahrstuhls trennte. Am letzten möglichen Fluchtpunkt einer Jagd, deren einziges Ziel er selber war, blieb er festgenagelt auf den Stufen stehen, allenfalls in unruhiger Bewegung eine Stufe hoch, eine hinunter, ohne Schuhe und barfuß – ein Umstand, der ihn unumstößlich an den Ort bannte; rötliches Licht erfüllte den Raum, der sich nach unten und oben in nicht abzählbaren Stockwerken endlos erstreckte. Immer rasender drehte der Druck der Verfolgung, ohne eine Menschenseele in Nähe und Ferne, Uli um sich selbst bis hin zu einer stechenden Betäubung, die ihn erwachen ließ. Nur langsam ebbte die Angst, schuh- und strumpflos zu stehen, ab und ließ der Vorstellung wieder Raum, dass Uli sich nicht erinnern konnte, je wirklich barfuß im Treppenhaus gelaufen zu sein, und dass er morgen ja fraglos mit wohlverpackten Füßen aus der Wohnung treten werde. Der Keller, zu dem einige steinerne Stufen gleich hinter dem untersten Halt des Fahrstuhls hinabführten, war nach demselben Muster wie die Wohnungen durch alle Stockwerke darüber angelegt. Wenn Uli nach der letzten Stufe um die Ecke bog, kurz bevor der Vater den Lichtschalter ertastet hatte, tauchte er ein in den Geruch, der im ganzen Keller herrschte. Er schien aus den Mauern und dem betonierten Boden zu dringen, der Risse und aufgebrochene Stellen hatte, die manchmal kleine Pfützen zeigten, und füllte alle Gänge bis unter die Decke mit einer für Uli unwiderstehlichen fauligen Süßlichkeit. Blieb es dunkel, denn oft funktionierte das Licht nicht, stieg von Sekunde zu Sekunde eine wildere Angst auf, starr fasste Uli dann das kleine karoförmige Türfenster ins Auge, das blass vom Ende des Flures einen minimalen Rest Tageslicht durchließ. Diese Tür führte in ihren Kellerraum. Er hütete sich die Wände zu berühren und nahm nur von der Seite die Ausbuchtung des Ganges wahr, von der eine Tür in den Innenschacht des Hauses führte; auch sie brachte unversehens einen schwachen Lichtschein auf den Weg. Dann lagen die Abzweigungen, die in für immer unzugängliche Gänge verliefen, schon hinter Uli. Nur unmittelbar vor der Tür bog rechts noch ein finsterer Seitengang in atemberaubender Nähe zu einem einzelnen Keller, unsichtbar im Dunkel, unerreichbar für Uli und nie geöffnet, ab. Krachte der Schlüssel im Schloss, spannte sich in Uli über die Angst weg eine zähe Freude, er trat mit dem Vater auf den von Kohlenstaub knirschenden Steinboden und roch die Äpfel, die auf einfachen Holzborden lagerten, half sie einfüllen in den Korb, genoss die Bewegung der Arme und Beine in dem vielfach verstellten Raum, den er kannte. Der Rückweg war leichter, manchmal schloss Ulis Vater sogar die Seitentür in den Innenschacht auf, und Uli durfte steil nach oben das Himmelsviereck sehen und spekulieren, wo die kleinen Bad- und Klofenster lagen, hinter denen sie wohnten. Aber erst auf den Stufen, auf denen Uli aufwärts zum Treppenhaus stieg, fiel der Keller von ihm ab und löste sich der Bann.

Der Ausflug

Uli bog auf die Hauptstraße. Der Schrebergarten lag im angrenzenden Stadtteil einige Kilometer entfernt schon auf freierem Feld. Ulis große Brüder hatten dort in der Nähe einer Flak Granatsplitter gesammelt und getauscht, manchmal waren sogar Bruchstücke mit farbigen Resten der Zündung darunter; der Wert solcher Schätze der Großen hatte Uli mit Andacht erfüllt. In der Ferne ließ sich bei günstigem Wind das dunkle Rollen der Löwenstimmen von Hagenbecks Tierpark gerade noch hören. Hinter der einfachen Holzhütte, die nur lächerlichen Schutz bei Fliegerangriffen bot – trotzdem sind alle hineingerannt bis unter den Tisch, wie Uli oft erzählt wurde, dessen „Sliega, Sliega"-Rufe später zur allgemeinen Belustigung nachgeahmt wurden – erstreckte sich hinter dichtem Gestrüpp ein wild überwucherter Acker. Uli hatte oft, ohne weiter vorzudringen, von hier aus Ausschau gehalten und sich dem Glanz der unzugänglichen Ferne ausgesetzt. Jetzt plötzlich stand das Bild dieses Stücks Land vor ihm. Der Weg dorthin war lange schon von den vielen Märschen in ihm aufgezeichnet, aber allein war er bisher kaum über die erste Wegbiegung in die Hauptstraße hinausgekommen. Uli fand den Weg, als Abschnitt auf Abschnitt folgte, in allem bestätigt, mit Wucht traf ihn diese Bestätigung, die er nur sich selbst verdankte. Er sah sich zu, wie er das unbekannte Feld betrat, auf dem sein Plan galt, sonst nichts. Die Ankunft an dem verlassenen Garten ernüchterte Uli wieder, sein Mut sank angesichts des leeren Ziels, den Rückweg ging er so vor sich hin, doch zufrieden. Er hatte etwas zu erzählen. Dass die Mutter eher verärgert und etwas ängstlich reagierte, verstärkte nur seinen heimlichen Stolz.

Das Rollo

Das Rollo war aus schwerem, bräunlichem Packpapier zusammengeklebt, und an vielen Stellen schob sich Flicken an Flicken. Im Morgenlicht wärmten Ulis Rücken Brust und Bauch des Vaters, wenn sie beide aus dem Bett heraus das Rollo erforschten, sein hagerer Arm herumfuhr und immer neue Gestalten entdeckte, die zu orten, umzudeuten, zu verlieren, wiederzufinden eine Lust machte, die sich untrennbar verband mit dem Flanellstoff des langen Nachthemds, das Ulis Vater immer trug. Es schlug und flatterte um ihn, wenn er ins Badezimmer sprang, und legte sich kitzelnd um Ulis Arme und Beine, wenn Mondsichel, Kräne, Elefanten und Segelschiffe im Grau des Morgens auftauchten, nur vom Einverständnis der beiden am Leben gehalten. Es war Winter. Wenn das Papier zu einer dicken knittrigen Rolle zusammengebracht war – die Verdunkelung musste nur bis zum ersten Licht draußen so streng eingehalten werden – kamen Eisblumen zum Vorschein. Noch ein Stück tiefer aus der Wärme des Betts genoss Uli, wie die Hand des Vaters von neuem noch begeisterter auf dem strahlenden Feld auf- und abfuhr und Köpfe, Hasen Gesichter mit aufwärts gereckten Nasen und die gebeugte Alte hervorglitzern ließ. Gelenkige

Greifer von unerschöpflicher Kraft die Hände, von durchdringender Wärme, die Ulis Unterleib eindeckte; oft hatte er Magenschmerzen, die das Auflegen der Hand erforderten und sich sogleich ein gutes Stück zurückzogen. Die rötlichbraune ovale Wärmflasche aus Kupfer war heißer, brannte die Haut durch die Tücher hindurch, bis sie zu erkalten anfing, aber unvermindert ging die wärmende Hand ins endlose Innere, wo Druck und Stiche tobten. Tagsüber drängte sich die Hand vor, um Krusten von kleinen Wunden an den Knien zu pulen oder winzige Splitter zu fassen und zu ziehen. Später stand der Vater in Ulis Traum als Eseltier grau und knochig im Stall, den Rücken und die bedrohlichen Hufe der Hinterbeine zum Ausgang gewendet, den Uli gern betreten hätte, um zu dem Seitenraum im Dunkel des Stalls zu gelangen, den der Esel nicht mehr hätte erreichen können. Aber wie vorbeikommen! Der Kopf blickt rückwärts zum Ausgang gedreht, mit finsteren Blicken belauernd, was Uli sich traut. Der treibt sich so vor dem Eingang herum, hüpft wie im Spiel so hier und da, scheinbar unbeteiligt, immer doch das Fell im Auge, das bei allem Grau doch flauschige, das vielleicht die Berührung hinnimmt, vielleicht aber nicht. Der Eingang bleibt unbetreten, das Hüpfen draußen führt Uli weg und heran und weg, unangenehm ist es gerade nicht.

Gott

Die schwärzliche Teermasse zog sich an der Wand längs, als hätte sie gerade jemand zäh herabfließen lassen bis hinein in die Pinkelrille, die sich ringsum in dem halbdunkeln Kellerraum hinzog. Hell glänzte der Teer im Licht der elektrischen Birne auf, wenn der Strahl ihn traf und im lärmenden Chor der pissenden Jungen das gelbliche Bächlein dahinfloss. Beißender Urin- und Teergestank umhüllte Uli und seine Schulkameraden. Es lief gerade einer der beliebten Wettbewerbe, wer weiter, kräftiger, höher das Wasser mit dem Schwanz zu richten wusste. Dunkel brach die massige Gestalt des Hausmeisters von der Treppe in das Geviert des Eingangs mit den ungelenken Bewegungen eines Mannes, den viel harte Arbeit fast gelähmt hat. Brüllend fuhr er dazwischen: „Wenn ihr das nicht zu Hause lernt, bringen euch das die Lehrer nicht bei? Raus hier!" Aus einer sehr fernen finsteren Welt, in der Eltern und Lehrer keinerlei Respekt verdienen und ihre Macht keinen Deut mehr zählt, jagte der Riese – humpelte er oder schwanke er nur vor Wut? – die Jungen wie gehetzte Tiere nach oben ans Licht. Zwischen die Flügel des Schulgebäudes inmitten einer Wohnhauszeile schob sich die Kirche und ragte wie der Bug eines Schiffes ein Stück weit hinein in den freien Platz, der an der Rückseite der Schule den Hof bildete. Zwei knorrige Bäume, die es lange aufgegeben hatten, das Grünen zu versuchen, steckten in dem sandigen Feld. Von Zeit zu Zeit dachte Uli verwundert an die Spiele des vergangenen Schuljahres zurück, die lange aus der Mode waren und ihm so entrückt schienen, als blicke er aus einem anderen Leben in eine Kindheit vergangener Zeiten: Vom vielen Klettern, Greifen, Rutschen waren die unteren breiten Äste der Bäume glatt gerieben; ein kleiner Sprung und es ließ sich daran hängen, angenehme Dehnung im Bauch, wenn Hemd und Pulli sich am Gürtel vorbeizogen, je länger, desto besser, aber sofort wurde gerissen und gezerrt, und die staubige Erde in Gesicht und Mund reihte den Gefallenen gleich wieder ein in das Heer der Angreifer auf die Glücklichen, die strampelnd die Äste umfassten. Meistens griffen nach ungeschriebenen Gesetzen die jüngeren Klassen exakt dieselben Spiele auf, während die älteren neue Ecken des Hofes mit den zeitgemäßen Kämpfen und Jagden erfüllten. Zur Sakristei an der Seite des Kirchenvorbaus führte seitlich ein Treppenaufgang. Wie Perlen einer Kette hingen die Schüler am Geländer dieser Treppe, mit aller Kraft nach oben sich ziehend, beide Hände festgekrallt am schmalen Metallband des Geländergitters, von unten schiebend und drückend, wo es ging, auch einzelne herabreißend, die sich kreischend und brüllend ans letzte Glied der Kette anzuhängen hatten, während ganz oben die ersten tretend und buckelnd den Aufstieg verzweifelt zu retten versuchten, schon verdammt, über kurz oder lang dem Drang von unten nachzugeben. Manchmal öffnete sich plötzlich die sonst verschlossene Sakristeitür, und eine der Nonnen erschien, mit ausgebreiteten Armen, als wäre sie von irgendwo oben gelandet, die Kinder energisch von der Treppe treibend. Nach den Pausen tauchte Uli mit den anderen Kindern in den schmalen Flur ein, der zu den Treppenaufgängen und zu den einzelnen Klassenzimmern führte. Im Laufe seiner ersten sechs Schuljahre erschienen Uli die allerersten Eindrücke und Gewohnheiten in den späteren Klassen wie schon bei den Hofspielen entrückt und überdeckt von den alltäglichen Geschäften, mit denen Schwester Franziska am Ende in hilfloser Strenge den Übergang auf die nächste Schule einzuleiten versuchte. Uli fühlte aber, sowie die Erinnerung auch nur durch einen kleinen Spalt sich auftat, wie dicht in allen späteren Klassen die Bohlen der ersten von unten her mit ihrem Geruch von Scheuerwasser und Holz aufstiegen, sich mischten mit den Klappflächen der Tische, den Tintenfässern in den Löchern neben den breiten Rillen für die Stifte und Federhalter, in die, als die Griffel nicht mehr auf der Tafel zu kratzen hatten, die halbrund gebogenen Metallfedern geschoben wurden. Eine längliche ganze Packung mit gelben, grünen und roten geriffelten Früchtegummis hatte jeder am ersten Schultag bekommen, wie Uli sie nie wieder gesehen hat. Der immer ausbruchbereite Zorn der Schwester Calasantia erfüllte den Raum, fuhr unter die Kinder und teilte sie wie eine unausweichlich wiederkehrende Flut in die Unglücklichen, die es traf, und die weniger Unglücklichen, die ein unerklärliches Geschick verschonte. Die Schläge mit dem Lineal auf die Fingerspitzen – in schweren Fällen dufte die Hand nicht umgedreht werden, so dass die Fingernägel und Knochen härter getroffen wurden – jagten den Schmerz in die Ellenbogen, und die Scham lähmte Ulis Gedanken, die in den Hals, die Schultern, die Knie zu entkommen versuchten. Mit der Zeit konzentrierte sich diese Strafe auf bestimme andere Schüler, deren zunehmende Standhaftigkeit und fast Teilnahmslosigkeit Uli ängstlich bewunderte, wenn gleichzeitig beim Klatschen der Hiebe wieder und wieder Scham und Entsetzen durch alle Kinder fuhr. Das ging ein Jahr so. Frau Wellendorf folgte. Sie stand am Ende des Schultags unten am Ausgangsflur, wenn Jungen und Mädchen sich mit Handschlag verabschiedeten, und erließ jedem, der nachfragte, die vorher in der Klasse in maßlosem Umfang erhängten Strafarbeiten. Immer genoss Uli diesen Moment der Verzeihung, so längst durchschaut und ausgereizt das Ritual auch sein mochte – die Schmach der Bestrafung hob sich, stürzte Uli mit den Anderen endlich die wenigen Stufen ins Freie, wie ein verscheuchter Drache in die Lüfte. Im oberen Stock gab es auf beiden Seiten des Kirchenschiffes einige Klassenräume, in denen die Älteren residierten, und jeweils eine Tür, die auf die hintere Empore der Kirche führte. Mutige wagten es zu prüfen, ob die Tür wie meistens verschlossen war, und wenn möglich hindurch und hoch über dem Kirchenraum mit schnellem Blick zum Altar unten in der Ferne durch die Empore zu rasen. War die Tür gegenüber verschlossen, ging die Jagd in steigender Panik zurück, war sie offen, war das rettende Treppenhaus des anderen Flügels erreicht, allerdings mit der Gefahr, drüben einer Lehrerin oder gar dem Rektor Kohlstrunk, so war sein Name, direkt in die Arme zu laufen. Uli traute sich selten, kannte es aber doch, wie das Nahesein solch entsetzlicher Schrecken nicht nur gewalttätig mit lähmender Kraft alle Glieder ergriff, sondern ihn zugleich auch wie im Flug in die Höhe erhob, von Angst und Schwäche in einen wahnwitzigen Mut wie in einen Rausch versetzt. Das Allerschrecklichste waren die Schwestern Damrow, die nicht als Ordensschwestern, sondern als weltliche Lehrkräfte eingesetzt waren. Sie lebten, wie Ulis Eltern in leichter Verachtung bemerkten, als alte Jungfern allein zusammen. Wie Krusten saßen die gleich geschneiderten, immer hellgrauen Kostüme auf ihren Uli ganz unerklärlichen Körpern. Die eine war klein, die Beine steckten, schräg nach außen getrieben, im Leib und spannten den Rock zu den Seiten hin, als sollte hier unten schon die ungeheure Breite vorbereitet werden, in der sich das Hinterteil in beständig rollender Bewegung rundete. Hin und her wackelte der zusammenlaufende Oberkörper und hin und her auch der Kopf, unter streng angelegten Haaren das ewig mürrische Gesicht. Daneben die hoch aufragende Schwester im Gleichtakt, auch sie im selben schwankenden Gang, riesig aber die schräg nach oben fest verknöpfte Brust, finster die Brauen, klein und halb schon zum Drauflosfahren geöffnet der Mund. So durchfurchte das Zwiegespann den Schulhof und schlug breite Schneisen in die umherspringenden Kinder. Uli hatte nur von ihrem Wüten in den Klassen berichten gehört, die Angst vor ihnen schien ihm jedoch viel älter als diese Gerüchte. Die Fräulein Damrow waren Uli schon vor seiner Schulzeit aus dem Besuch der sonntäglichen Messe bekannt. Sie trugen aus dem hinteren Kirchenraum die wöchentlich wechselnden Texte der Messfeier der Gemeinde vor, saßen dafür an hervorragender Stelle am Rande des Mittelganges. Uli wurde schon einige Jahre vor dem Schuleintritt gelegentlich in die Kirche mitgenommen; ganz vorne rechts wurden die Jungen in die kleinen Bänke ohne Lehne geschickt. Das jeweilige Fräulein Damrow, das nicht vorzulesen hatte, warf ein Auge auf die Kinder und kam bisweilen etwas dichter heran, so dass wieder die

absolute Ruhe herrschte, die die persönliche leibliche An-
wesenheit Gottes, die Uli sehr wohl aus dem Leuchten des
roten Lichtes am Altarraum zu erkennen wusste, erforderte.
Ohne sich später erinnern zu können, wann ihm die Fähig-
keit abhanden kam, hatte Uli es früh geschafft, stundenlang
auf dieser Bank zu sitzen, die Hände auf den Beinen, in den
Ohren von vorne das Gemurmel lateinischer Formeln, von
hinten dann und wann die schneidige Stimme der Damrows
oder das Gebrumme eines unendlich schleppenden Gesangs,
untermischt mit dem dumpfen Amen-Chor der Gläubigen
– erwartungslos die Blicke gerichtet auf alles, was da war.
Nie gelang es Uli, restlos aufzulösen, was er sehr früh gesehen hatte, dass nämlich die Ordensschwester, die in ihrer
schwarzen Tracht, nur das Gesicht frei sichtbar, umrahmt
von einem weißen Ring aus gestärkter Pappe, durch den Altarraum schwebte, leicht schwankend und mit den Händen
die wehende Haube wie von unten dirigierend, Gott ist. Unterdessen wusste er, dass die Nonnen wohl verschieden und
von Fleisch und Blut sein mochten, wenn sie in der Kirche umherhuschten, Weihwasser nachfüllten, Gesangbücher
auslegten, den kleinen grün betressten Negerjungen fahrig
putzten, der zur Weihnachtszeit am Rande der Krippe auf
dem Geldkasten hockte und unermüdlich mit dem schwarzen Kopfe nickte, wenn eine Münze fiel. Auch Uli drängte die Eltern vor dem Hinausgehen um ein Stück Geld und
noch eines, um den mechanisch-wundersamen Dank des immer folgsamen Heidenkindes zu beobachten, dessen Seele
mit jedem Nicken der Gnade der Taufe näher rückte. Noch
war dieser Moment aber fern, da die Messe im Gange war.
Uli belauerte in halber Betäubung in der warmen und vom
Altar her süßlich duftenden Luft seinen Leib, in dessen Inne-

res er auf vielerlei Kanälen von den Druckstellen der Beine her, durch Nase und Schlund, durch den Magen und Bauch von der rings um ihn mit Gesang und Kerzen und Weihrauch gefeierten Ereignislosigkeit gedrängt wurde. Solches Vordringen verlief sich in der Weite der sich verzweigenden Regungen, die sich dehnten, sich spannten, kamen und schwanden. Und während Uli fast alle Gegenwart verloren ging, ihm das Innere seines Leibes aus dem von Menschen und Lauten gefüllten Kirchenschiff entgegendämmerte, und Äußeres und Inneres ihn so gleichermaßen einschlossen und ins Offene auflösten, dachte Uli in aller Andacht an das Frühstück, das ihm bei Gott noch ausstand. Priester und Messdiener verschwanden hinter der Sakristeitür, Uli drängte mit Anna vereint zum Ausgang, im Rücken die gelöschten Kerzen des Altars und das erneut in den Tabernakel hineinverwandelte Fleisch und Blut Gottes, gegen dessen Leibhaftigkeit Uli jeden Schritt hinaus, den seine Beine taten, spürbar verbuchte, wenn das Licht draußen, das Gerede der Leute vor der Kirchentür, selbst die wackelnden Damrows inmitten der Menge die Gegenwart wieder um ihn ansteigen ließen wie eine lang ersehnte Flut. Wie in einem nur ihm bekannten Ritual fiel Uli erst, wenn sie an dem Jungenklo gleich unterhalb des Seitenausgangs vorbeikamen, ein, dass dieses selbe Gebäude ja auch seine Schule war. Er wäre jetzt gern noch mal schnell aufs Klo gegangen. Es war sonntags aber immer verschlossen.

Der Teich

„Loggia" nannte Ulis Mutter in übermütiger Laune den über-
dachten und mit einer Glaswand eingefassten Balkon, der
nach hinten zum Schröders Park hinaus ging und in seiner
Nordlage nie Sonne bekam. Die ständige Klage der Mutter
darüber wunderte Uli, der ungerührt blieb. Die hier und da
angenagte Brüstung schmeckte nach Holz und Farbe, wenn
Uli den Kopf auf sie legte und lutschend hinunter ins Grün
der vielen Büsche und Bäume lugte. Weiße Knallbeeren schmei-
ßend und trampelnd war er an der Hand des Pflichtjahrmädchens über den Weg unten gezogen, auf dem eine Frau, Uli
wusste es von den Brüdern, noch im Krieg kurz vor ihrem
Einzug in diese Wohnung umgebracht worden war. Als ließen sich noch Spuren ihrer Schreie erkennen, fasste er die
Häuserfront, an deren Hintergärten der Mann gelauert hatte, von unten ins Auge, wenn Inge beiläufig erklärte, es sei
nichts gewiss. Ulis Lieblingsbaum hatte auf einem niedrigen Auswuchs gleich über den breiten Verzweigungen, mit
denen der Stamm im Boden verlief, eine kleine Vertiefung
gebildet, deren runde, glatte, ebene Innenfläche er liebte,
wenn sie immer wieder, sprang er von Inge gejagt um den
Stamm, ihm entgegenkam, Stolperstein und rettendes Mal.

Anna liebte die Stelle nicht weniger, und beide jubelten, wenn etwas Regenwasser sich in der von Baumrinde umwölbten Mulde gesammelt hatte, so dass der blaue preußische Trommler aus Zinn darin unterging, den Uli aus einer der legendären Sammlungen der großen Brüder in die Gegenwart hinübergerettet hatte, um ihn in der Faust verschlossen spazieren zu führen. Später weitete sich der Park um diesen Punkt zu einer Landschaft, in deren buschbewachsenen Ecken er mit Anna und Roger aus der Wohnung gegenüber Höhlen baute, an denen selbst der ewig mit seinem zum Aufspießen von Papier mit einem Metallstachel bewehrten Stock herumfuchtelnde Wärter vorbeischlurfte, weil er sie da nicht vermutete. Gegenüber vom alten reetgedeckten Forst- und Gärtnerhaus, das jetzt verschlossen blieb und in dem Ulis Brüder einst mit englischen Soldaten gesessen und manchmal sogar, stolz auf ihr Schulenglisch, einige Stücke Cadbury ergattert hatten, lag der Teich. Jahre später war der Teich um große Stücke geschrumpft. Matte Wiesenflächen erhoben sich, wo früher Ausbuchtungen des Wassers gelegen hatten, in dem dunkel die Rhododendron der Böschung sich spiegelten. Die Gärtner nahmen den übrig gebliebenen flachen winzigen Tümpel nur noch als störende Pfütze wahr. An heißen Tagen geriet der Rest immer dichter ans spurlose Verschwinden. In den früheren Jahren aber war der Teich der Glanzpunkt des Parks, wenn der Frost ihn in wenigen Tagen zufrieren ließ. In heller Aufregung hörte und sah Uli schon von weitem die vielen Menschen, die auf dem Eis herumfuhren und –rannten, in kleinen Gruppen lachten und schrieen. Schnell kniete er hin, passte die Kufen unter seine Stiefel und zog mit dem Vierkantschlüssel die Haken fest zusammen, mit denen die Schlittschuhe sich an der Sohle hielten. Dann half er Anna, die aufgeregt mit ihrem Paar herumrasselte, bis beide ans Eis stapften. Es war nicht nur das Eis unter den Gleitern – wie eine endlos hohe Kuppel tauchte Uli in die kalte Luft, durch ein Wunder befreit von Trott und Schwere. Andere Kinder aus dem Haus und der Straße kamen zusammen, als würden sie alle mit neuen Freunden beschenkt; wie das Spiel aller Spiele war die gleitende Jagd, die gleitende Flucht. In der beginnenden Dämmerung gingen die ersten vom Eis. In manchen Buchten kurvte Uli fast allein, warm in seinen Filzmantel gehüllt, die Lust dieser Gegenwart in allen Gliedern. Je dunkler es wurde, wenn die Gesichter der Anderen kaum mehr zu erkennen, der Park, durch das strahlende Schwarz der Teichfläche verführt, auf der immer noch lautes Leben war, einer anderen Zeitfolge gehorchte und die Nacht eher Anfang als Ende war, desto stärker ergriff Uli die Leichtigkeit. Selbst die wilde Verzweiflung, dass das Ende nahte, das alles wieder in die alte Ordnung bannen würde, in der Uli solches Aufgehen, solche Nähe und Ferne, solches Erkennen der Andern, solches Spielen nicht kannte, hatte keine Macht über die Gegenwart des Teiches, solange nur der Schwung ihn durch das klare nächtliche Dunkel trug, er Anna an schwachen Konturen sicher erkannte, Andere im Heran- und Weggleiten rief und die Kronen der Bäume ihm zuschauten. Der Verlust begleitete Uli auf dem Weg nach Hause, als geschehe er nicht gerade jetzt, sondern als stehe er uralt und vertraut wie ein lähmender Engel auf seinem Posten, aus der Gegenwart in nebelhaftes, immer gleiches Gestern und Morgen vertreibend.

V

Dritte Annäherung

Grün in Busch und Baum, Weiß und Grau am Himmel. April-
kühl die Luft. Den Mantel mit den Händen in den Taschen
um mich zusammengezogen, spaziere ich nach der Entlas-
sung in Straßen und Parks. Wie ausgeleerte Eimer, die auf
einer verlassenen Arbeitsstelle herumstehen, sind die Tage,
an denen ich ausheilen soll. Der Wind trifft die Haut im Gesicht: „Ich bin da, aber es ist nichts", flüstert er. Die Kraft der
Gegenwart, geht mir durch den Kopf, sagen welche, nimmt
von Geburt an laufend ab, die Zeit schrumpft, immer längere
Zeitabschnitte werden verzehrt, um noch Erlebtes zu gewinnen, bis in der Dauer des Alters ereignislos aller Unterschied
zwischen kurz oder lang schwindet. Und bis zu den letzten
Sekunden stehen wie vereinzelte Leuchttürme die großen
Erinnerungen der ersten Kinderjahre noch fest im flackern-
den Schein des Bewusstseins. Mag sein, wer weiß. Die Zehen sträuben sich ein wenig gegen die Schuhe, die Füße
drücken, federn und rollen, und aufwärts schiebt, knickt,
wendet und dreht sich der Körper, mit Lust hält sich der
Kopf auf dem Hals mit der postoperativen Krause, der stolz
und listig versteckt, das ihm nicht viel übrig bleibt, als nach
vorne gerichtet alle schrägen Blicke zu lassen. Ich soll, sagen sie, genau hinfühlen, wie Knochen und Glieder sich regen im gemeinsamen Räderwerk. Da-Vinci-Poster hängen
an den Wänden der Gymnastiksäle mit dem auf das Rad
kosmischer Harmonie und ewigen Ebenmaßes gekreuzigten
Menschen der Moderne, lachhaft aufgespannt über den tur-
nenden Heerscharen der Geprügelten und Geschlagenen, die
von ihren Arbeitsplätzen, aus ihren Autos, ihren Fernsehses-
seln in diese Säle getrieben werden. Die Medizin, sagen sie,
entdeckt so langsam doch wieder die Zusammenhänge von
Seele und Körper, Leib, sagen welche, Leib muss es heißen,

dass nicht verwechselt werden das materielle Ding, aus Wasser und festen Stoffen zur Körpermaschine konstruiert, und das lebendige Ding, aus Blut und Fühlen und Fleisch und Denken zum Raum zusammengewachsen, in dem wir hausen. Ich atme die Luft, ziehe sie ein, wie von fern spannt die Narbe im Nacken, dann strömt der Atem aus, die Spannung fällt, steht still und hebt sich wieder. Das Wort Raum gefällt mir, ich mache lange Schritte, raumgreifend, ein wenig lachhaft auch das wie eine imperiale Geste. Kinder fallen mir ein, von gehetzten Müttern an einem Arm mitgeschleift, die Beine im hilflosen Widerstand schon vom Boden gelöst und überquer durcheinander, die Blicke unverwandt geheftet auf das Wunderbare am Wegrand, das unweigerlich vorübergezogen und verloren ist, auch wenn die freie Hand im Hingreifen den ganzen Körper wieder und wieder zurückwirft. Ich bleibe stehen. Sehe ich etwas? Will ich bleiben? Aber da ist nichts. Ich gehe weiter, dem dauernden Strom von Farben und Lauten entgegen, der hereinzieht und sich verliert in dem endlosen Gang all der gestaffelten Räume, die sich in mir erstrecken, ausgeschlagen mit den Bildern des Vergangenen, Bilderfluchten, in denen ich mich rege, vornan die vertrauten Anschläge des jüngst Gewesenen, dann verzweigte Wege, vorbei an den dunkelnden Tapeten in die seltener betretenen Flure und Gemächer, vergilbende Bilder in unermesslicher Menge , verschlossene Seitenkammern, die, mag sein, zu riesigen Sälen weiterführen, neben kleinen ausgeleuchteten Interieurs voller Details, dann wieder nie entrümpelte Ecken, bis das undurchdringliche Dunkel zur Umkehr zwingt. Gleich am Ausgang trifft mich wieder der gestrige Tag. Wieder läuft die Freude aus der Hörmuschel durch den Arm in die Brust und bis in die Beine:

„Ach ja, lass uns das machen."
„Ich hol dich um sieben ab."

Feiner Regen überzog das Kopfsteinpflaster, auf dem ich den Wagen dicht am Hafenbecken geparkt hatte, als Marliese, nachdem wir nur kurz schweigend noch gesessen und durch die berieselten Scheiben ins Dämmerlicht geschaut hatten, ausstieg. Wir umfassten uns und stiefelten am Ufer entlang los, nach wenigen Schritten sah ich durch meine Brille nichts mehr außer dem Geglitzer ferner Lichter, die in den Regentropfen hin- und hersprangen. Wie anders jetzt, wo wir zum ersten Mal zusammentrafen und losliefen, ohne dass Nützliches, Dienstliches uns dazu gebracht hatte. Tropfen liefen mir hinter die Brille, kitzelten auf den Lidern; ihre Haut roch kühl nach feuchten Haaren, wenn ich mit der Nase an ihr Ohr rührte. Wir rannten um Pfützen herum, drehten uns um uns herum. Ich schwenkte die Brille in der Hand. Zu großen Kreisen standen ihre Augen dicht vor den meinen. Vom Fluss aufsteigender Dunst und regenfeuchter Nebel.

Später in der Ecke des etwas schmuddeligen Lokals schaut sie mir schweigend zu, wie ich erzähle von mir, der Enge zu Hause unter den Geschwistern, dem Vater, der Mutter. Interessiert die Geschichte sie? Oder der Erzähler? Aber was an ihm? Ich müsste vom Schweigen der Eltern erzählen, vom Schweigen der vielen Wege durch die Stadt, dem Schweigen der Häuser, der Schulen, in denen sich schweigende Lehrer gebärdeten. Und wie ohne jede Übung im Dialog viel zu spät die ersten vorsichtigen und verschwiegenen Sätze sich formten zur Gestalt des eigenen kleinen Lebens, auf lange noch in Dunst und Nebel gefangen, während in den Schulbüchern und Journalen längst schon die ersten Geschichten der Nachkriegsjahre auf den Plan traten, und Geschrei sich erhob von Wiederaufbau und Wirtschaftswunder, und die eigene Bahn als dünner Faden im Gewebe des allerorts Beredeten, Beschriebenen, Ausgemalten zu verschwinden drohte.

VI

Unter Nebel

Der Schulweg

Das Brot schnitt Uli gern in Streifen, indem das Messer durch den Zucker knirschte, der, auf die Butter gestreut, an der Schnitte haften blieb. Anna schrieb derweil mit dem erst langsam, dann ganz plötzlich vom Löffel herablaufenden Sirup auf ihre Scheibe, bis die Linien und Kurven in immer kleineren Kreisen und rasender Geschwindigkeit nur noch haarfein zu erkennen waren. Viel Zeit blieb aber nicht, und der Kakao, der aus dem bitteren Pulver, Dosenmilch und heißem Wasser gemischt war, drückte im Magen. In Annas Ränzel rumpelte es hohl, wenn sie im Galopp durch den kleinen Park zur U-Bahn eilten. Kurz vor der Biegung zum Bahnhofseingang merkte Uli, wie sich Magen und Speiseröhre verbreiterten; er kämpfte dagegen an, aber dann musste er doch schnell in die letzten Büsche um sich zu erbrechen – schnell und kräftig, einhändig sozusagen, denn die Schultasche hielt er mit dem rechten Arm weit ab, um sie nicht zu beschmutzen. Mit kitzelnder Nase und ödem Geschlucke dann rauf die Treppe, Anna schrie die ganze Zeit: „Er kommt, er kommt!" Es musste dieser Zug sein, sonst war die Verspätung nicht mehr zu vermeiden und die Folgen würden den Tag zerstören. Im Sprung durch die erste offene Tür, da schlug der Zugbegleiter mit der Pfeife schon an die Scheibe der Fahrerkabine, um dann mit unnachahmlicher Eleganz, den einen Fuß schon in der Tür, das letzte Bein nachzuschwingen und in einer runden Bewegung ineins mit dem Schließen der Tür in der Nische zu landen, die neben dem abgeschotteten Fahrer für ihn reserviert war. Später wurden diese Begleiter wohl als überflüssig betrachtet, und Uli drängte sich mit seinen Schulkameraden gern in solche Nische an der Front der U-Bahnzüge mit Blick auf die heranzischenden Geleise, bis auch diese in den modernen Wagen nicht mehr zu finden war. Sie hatten weit zu fahren in einen fernen Stadtteil, um das einzige katholische Jungengymnasium der Stadt zu erreichen. Die Häuser, Toreingänge und Läden, die sie vor der Schule zu passieren hatten, waren ihnen vertraut, aber sie gehörten nicht zu ihnen, behielten durch alle Jahre hindurch ihre Fremdheit. Selbst als in den letzten Klassen gelegentlich Mitschüler auf ein Bier in einer der miefigen Kneipen dieser Häuserzeile halt machten und Uli mit hereinzogen, um solch gewagtes und auf dem Schulweg durchaus noch verbotenes Laster zu feiern, war ihm dies doppelt fremd. Kurz vor der kleinen Gittertür, die neben den riesigen vergitterten und niemals, auch nicht zur Einschulung oder Abiturfeier, geöffneten Torflügeln für die Schüler den einzigen Durchlass bot, drängten sich Uli und Anna in die Schar der Schüler, die schon durch ihre Menge sicher waren, noch pünktlich zu sein. Wer allein vor dieser Tür stand, wusste unabänderlich, dass er zu spät kam – Uli war dies Gefühl der Gefahr auf dem Schulweg allgegenwärtig: Wie mit einem Schritt ins Bodenlose trat der Einzelne hindurch auf den verlassenen Hof, die Außenwelt hinter sich, aber vor sich nicht den Schutz der Menge, die

offenbar längst vom letzten Läuten in die Klassenräume getrieben war, sondern unausweichlich Gesicht und Hand eines der Patres. Im Spott einer ironischen Bemerkung allenfalls, vielleicht mit einer Kopfnuss oder gar einer Ohrfeige
hatte er Namen und Klasse zu stammeln, um dankbar noch,
zugleich erregt und benebelt zwischen die grauen Mauern
und Treppen des Schulhauses zu geraten.

Die Sozis

Es nieselte in grauen Fäden. „Wir Lehrjungen schliefen auf
dem Schneidertisch, morgens schnell in die Kleider, einen
Schluck heißen Muckefuck und gleich an die Arbeit," erzählte Ulis Vater und zog ihn in seinem immer energischen
Tempo über die Pflastersteine zur anderen Seite der Straße.
„Mittags hieß es: ‚Wie ma' isst, so schafft ma'!" und hastig
musste der kleine Max, so wurde Ulis Vater genannt, nicht
weniger fremd für Uli als der volle Name Magnus, den er
von Unterschriften für die Schule her kannte – die Vornamen
der Eltern wurden in der Familie nicht verwendet –, die hei-
ße Wassersuppe mit Steckrüben und spärlichen Nudeln hin-
unterschlürfen, dass der Schlund bis in den Magen schmerz-
te. Uli hatte den langen, grünen Schneidertisch vor Augen,
der jetzt in der Werkstatt eine ganze Seite einnahm und auf
dem er auch schon geschlafen hatte, zum Vergnügen und
morgens gemütlich von der Mutter geweckt. Fern im Ersten
Weltkrieg sah er den schnauzbärtigen Lehrherrn vor sich,
der den kleinen vierzehnjährigen Lehrjungen mit Schlägen
zum Essen trieb und zurück an die Arbeit. Auf einer Foto-
grafie stand der frischgebackene Geselle im schmucken Anzug, noch mit Kindergesicht, aber stolzen Blicks und leicht

angehobenen Hauptes zwischen den älteren Schwestern in schwarzen, langen Röcken, den rechten Arm angewinkelt gestützt auf die Konsole des Fotografen-Ateliers. Uli fügten sich solche Bruchstücke aus dem Leben der Eltern nie recht zu einem Bild; wie falsch gesetzte Steine steckten sie in einem schlampig begonnenen und aufgegebenen Puzzle. Der Nieselregen hörte auf. Am Straßenrand flanierten einzelne Männer wie in Feiertagslaune, aber auch erwartungsvoll, manche zeigten in die Richtung der Ecke, an der die Straße ihren Anfang nahm. „Die Sozis!" knurrte der Vater. Die Geräusche des heranmarschierenden Demonstrationszuges wurden hörbarer. Uli kannte den verdammenden Ton in der Stimme, als würden die Tore der Hölle aufgestoßen, um die „Sozis" hinunterzubannen, wo sie hingehörten. Er wusste nicht, wer sie waren, was sie wollten, aber er wusste, die Feindschaft, wenn es auch nicht seine sein konnte, war von Anfang da gewesen, unerschütterlich und leidenschaftlich, und sie galt für alle Zukunft und auch für ihn. Uli hielt sich in dem Rätsel, dass Menschen überhaupt zu solchem Wahnsinn sich entschließen konnten, „Sozi" zu sein, wie in einem Käfig vorsichtig geduckt. Die älteren Brüder hatten als gerade eingeschriebene Studenten hier und da spöttisch das „Sozi" des Vaters nachgeäfft, wenn auch unklar blieb, was sie selber meinten. Erklärt wurde Uli nichts, und die Überschriften im „Fremdenblatt", wie der Vater weiter hartnäckig die längst umbenannte Zeitung betitelte, gaben ihm nur dunkel Auskunft, dass der erste Kanzler im westlichen Teil sich den Listen und Ränken der Molotows und Ulbrichts entgegenstemmte. Dass die Kinder in der Zone jeden Morgen vor Hausaltären Väterchen Stalin anzubeten hatten, wusste er von den Nonnen und Patres in der Schule. Dass der

Zorn des Vaters auch die braven Gewerkschafter der Sozial-demokraten traf, war mit dem Gleichklang der Worte nicht erklärt. Eher schon mit der roten Farbe der 1. Mai-Fahnen, die jetzt an ihnen vorbeiwehten und die Uli von einem Bild her kannte, auf dem Stalin die Parade vor dem Kreml ab-nimmt wie der Fürst der Hölle über dem Abgrund der Ver-dammten. Der Nieselregen wurde wieder stärker.

Latein

Zu allen Jahreszeiten trug Herr Belchert ein gelbliches Sakko und breite Krawatten. Er unterrichtete Latein. Wie aus dem vierkantigen Mund eines Nussknackers drangen aus ihm die unumstößlichen Regeln hervor, nach denen sich die Formen der verba und nomina an der Tafel ordneten. Uli ruhte sich aus wie bei einem Bad in flachem, gefahrlosem Wasser, wenn er mühelos und unbehelligt im Schutz der diktatorischen Erklärungen Herrn Belcherts solche Ordnung in sich aufnahm. Er schlüpfte hinein in die zu Tode zerlegte Sprache wie in eine abgelegte Haut, die ihm in ihrer Leblosigkeit zu weit war, aber dadurch Raum gab, seine Glieder zu regen. Eine ächzende Ruhe umgab Uli in diesen Stunden, in denen die Mitschüler über die mit unbeteiligter Miene ausgelegten Fallstricke des Herrn Belchert durch die Grammatik stolperten. Der Geruch der gefeudelten und gebohnerten Holzbohlen des Lehrerpodests, das die ganze Breite des Klassenraums vor der schwarzen Wandtafel durchzog, vermengte sich mit dem Dunst, der von dem gewienerten grünen Linoleum des übrigen Bodens aufstieg. Während Herr Belchert die Logik durch die Regeln und Formen turnen ließ, hielt Uli wie die Übrigen still in dem Glaskasten, in den jeder für sich versetzt schien und um den herum in Nebel versank, was noch aus anderen Stunden, vom Schulhof, von zu Hause an ihnen hing, was in den Kleidern eng am Körper saß, was in der eingeklemmten Sitzhaltung den Magen drückte. Die Leere in all der Klarheit, die sich aus den lateinischen Sätzen verbreitete, hob Uli für die knappe Stunde, in der Herr Belchert dirigierte, heraus aus dem Mischmasch, der in den anderen Fächern die Köpfe der Schüler umfloss. Die Stärkeren, Größeren aus der Klasse tobten sich daraus heraus in den Pausen, kleine Bälle mal aus Stanniol, mal aus Papier, mal auch abgenutzte graue Tennisbälle trieben sie über den Asphalt des Hofs.

Uli hielt sich gern in der Nähe Davids auf, der sich mit rudernden Bewegungen frei machte, den schon breiten Oberkörper ungeregelt nach links und rechts beugend seine Pfade quer über den Hof zog, unablässig redend, wenn seine großen knochigen Hände die Luft zerteilten, ohne ein Auge für die Ballspieler, denen Uli doch begehrlich zusah. „Schuhmacher ist ein Sadist!" rief er leise, und er genoss das für sein Alter ungewöhnliche Fremdwort. „Ich hasse ihn". Uli machte nach, wie der gefürchtete Pater das Kinn vorschob wie eine Planierraupe gegen alle Sünden der Welt. Sie kannten ihn nur aus der Nachsitzstunde, in der er sich für die bestrafte Klasse zur Verfügung gestellt hatte, mit freundlich verzogenem, trotzdem noch schmalem Mund und kleinen Augen die Jungen fixierend. Er schlug schnell zu. Auf dem Hof traf es Schüler jeden Alters. Mit kurzen, unglaublich abgehackt wirkenden Armstößen zuckte es in Gesicht oder Nacken. Weniger Angst kam von diesen Zustößen als von dem brodelnden Inneren, aus dem dies herauszischte; hochrot lief der Kopf unter der Hitze des Drucks an, klei-

74

ne Bläschen vertraten auf den Lippen die nicht mehr artikulierbaren Worte der Schmach und der Wut, die auf ihnen als Zischlaute verendeten.. Zu weinen und klagen fand niemand die Zeit, nur gelähmt und betäubt blieben die Getroffenen auf der Strecke. Am Tag zuvor Pater Schuhmacher Davids älteren Bruder erwischt, wie er während der Pause seinen Kopf durch die heruntergekurbelte Scheibe des Lieferwagens gesteckt hatte, der zum Entladen vor dem Schultor innerhalb des Hofes parkte. Ihm blieb keine Zeit zum Erforschen des Inneren der Fahrerkabine, aber auch nicht, den Kopf noch ganz zurückzuziehen. Wie nach Regeln einer höllischen Mechanik hatte Uli den Kopf im Fensterrahmen auf- und abtanzen und -schlagen sehen, als die Hiebe unaufhörlich kurz und hart den Nacken trafen. Am schärfsten hielt Uli im Gedächtnis, wie Olaf selber mit hochrotem Kopf dem Pater gegenüberstand, als wäre ein Blitz zwischen sie gefahren und hätte sie beide in stumme Erregung gebannt und verschmolzen. Auch David hatte die Szene verfolgt, und nun mit seinem schwankenden, schlotternden Gang verstand er, was Uli davon erzählte. Auf der Treppe im zurückflutenden Tross der Jungen langte die Kralle wieder in Ulis Magen, zwang ihn in die Beuge nach vorn. Er versuchte sie durch den Griff nach dem Treppengeländer und mechanisches Weiterschieben der Beine zu kaschieren, aber schließlich kam auch die Vorwärtsbewegung zum Halt, das Kneifen und Ziehen bannte Uli auf der Stelle. Schiebend und umherspringend trieb der Schülerpulk vorbei, um sich am Treppenende in die verschiedenen Richtungen auf die Klassenzimmer zu verteilen, wie Uli mit niedergehaltenem Kopf von unten her wahrnahm. Er geriet jetzt immer schneller, während der Schülerstrom allmählich versiegte und David neben ihm ausharrte, aus der Deckung ins offene Feld der Aufmerksamkeit der Lehrer. Die gepflegten wächsernen Finger des Englischlehrers, Pater auch er, fassten Ulis Oberarm. Aus dem schwarzen Anzug stieg säuerlicher Geruch. Die Fingernägel endeten in gelben wohlbeschnittenen Kanten, waren auf dem blassen Rot in der Länge ungewöhnlich stark geriffelt, rochen nach Seife. Uli fühlte sich in abgestandenes Wasser getaucht. Im Griff der Hand verzweigte sich sein Leib weiter in endlose Tiefe, aus der das Zerren und Ziehen aufstieg.

„Willst du nach Hause?" hörte Uli auf sich zubranden. Er konnte sich nicht dem überlassen, was sich in ihm aus fremder Ferne heranbahnte, die Augen des Paters hielten ihn fest. Dann hatte er sich einen Halt gezimmert, er spannte das ziehende Loch im Innern in das feste Gerüst seines Widerstands ein und hielt sogleich diesen errungenen Schutz auch als Begriff dem Pater entgegen: „Es ist nur ein kurzer Krampf, ich habe das öfter." Nur noch die Schmerzen waren auszuhalten, Uli tat mit hartem Rücken einen Schritt und noch einen. „Geht's?" Uli nickte.

Nach Latein hatten sie Bio und Physik. Uli fügte abwesend der langen Reihe von Blütendiagrammen weitere hinzu, mit denen der grobschlächtige und allezeit freundliche Junggeselle aus Bayern den Jungen das Innere der Natur oder doch wenigstens einiger Blüten zu erschließen bemüht war. Uli nahm es ermattet hin. In Physik schwammen Rasierklingen auf dem Wasser, um die Oberflächenspannung zu demonstrieren; irgendjemand durfte sie schließlich ins Wasser eindrücken, bis sie schaukelnd untergingen. Uli sah die leichte Krümmung des Wassers am Rande der schwimmenden Klinge, irgendetwas daran beruhigte ihn.

Zu Hause würde er nur eine Reihe Sätze ins Latein übertragen müssen, er mochte die klaren Aufgaben des Herrn Belchert.

.

Die Entdeckung

Der lange, schmale Flur führte an Klo, Speisekammer, Küche und Bad vorbei auf die drei Zimmer zu, von denen das mittlere als Schneiderwerkstatt für Ulis Vater und seinen Gehilfen eingerichtet war, seit er sich in den aufstrebenden Fünfzigern selbständig gemacht und bei den renommierten Ladage & Oelke nicht länger mehr als versierter Zuschneider zu dienen hatte; „Magnus D. Feine Maßschneiderei" zierte die kleinen Kärtchen, die aber zum Spielen energisch verweigert wurden. Gleich vorne rechts auf dem langen grünen Schneidertisch stand die quadratische flache Holzkiste mit den alltäglich benötigten Utensilien in der vollkommenen Unordnung, wie sie sich nur aus jahrelanger Übung als die sinnvollste Ordnung herstellt. Uli und Anna durften hier, selbst wenn sie manchmal wegen kurz bevorstehender Anproben schnell wieder verscheucht wurden, das auch ihnen Altvertraute anfassen: abgegriffene, unansehnlich mit Fadenresten verklebte Wachsstücke, Fingerhüte in allen Größen, die Knopflochzange mit dem verstellbaren Rad für Löcher verschiedener Größe, Nadelkissen mit und ohne Armhalter, Zwirnrollen, verschiedenfarbige Stücke der flachen Schneiderkreide, glatt anzufassen, bis die Fingerspitzen über das eingepresste Firmenemblem tasteten, kleinere Scheren von derselben Art, deren größere und größte Exemplare in einer gesonderten Schublade lagen, gewalttätige Instrumente, die sie nicht berühren durften und die Uli voll neugieriger Lust sich in des Vaters starker Hand mit vernehmbarem Krachen durch besonders dicke Stoffe fressen sah, dass das Tuch, sich aufbäumend, auseinander wich.

Unter der Tischfläche zog sich in ganzer Länge ein Ablagebord hin. Das große eiförmige Bügelkissen lag hier, auf dem Anna und Uli sich kugeln konnten, bis es den beiden Männern zu viel wurde. Zog der Vater das Eisen vom dampfenden Stoff, schlug er mit einem Holz das Tuch, um ihm Form zu geben; mit dem Klatschen der mächtigen Hiebe sog Uli die von dem erhitzten, angefeuchteten Stoff herwehende dumpfe Luft ein. Der Geruch wich nie ganz aus dem Zimmer.

Als Uli aufs Gymnasium gewechselt hatte, kam er immer seltener in die Werkstatt; als Schlafraum diente sie ursprünglich den beiden älteren Brüdern, bis diese Ordnung irgendwann sich auflöste, weil die Eltern das eigene Schnarchen in verschiedene Zimmer trieb, so dass meist der Vater und eins der Kinder hier schliefen. So auch Uli im Tausch mit den Geschwistern. Eines Nachts hatte ein Traum ihn mit einem breiten Schlangenleib gefüllt, dem Kopf und Ende fehlten und der sich nur unablässig und gemächlich, dick wie sein eigener Körper, hervorwand und zurückschlang in die Erde, die ihn zu vielfach verschlungenen Windungen hervorließ und aufschluckte in einer ewigen Bewegung ohne Anfang und Ende. Uli konnte die Bewegung nicht von außerhalb beobachten, er spürte Vorgang und Form in einem Innenraum, der kein Außen kannte, auch kein Oben und Unten.

Der mächtige Leib, der sich wand, war auch sein Eigenes, schwebend nahm Uli das wahr, keine Schwere lastete, es hob ihn, ohne dass er davontrieb. Der Traum löste sich ins Dämmern des Halbschlafs auf, Uli hielt die Augen geschlossen, genoss Leichtigkeit und Wärme, die ihn durchstrahlten. Er lag auf dem Rücken. Mit dem Bewusstsein davon kehrte der Raum um ihn zurück. Er fühlte die warme Nässe, in der der Flanellstoff seiner Pyjamahose auflag, ohne das jähe Erstaunen, das ihn einige Wochen vorher beim ersten Mal erschreckt hatte. Robert, einer der älteren Brüder, riss die Tür auf, trat ans Bett, den Blick im Gesicht, der hieß: „Auch du bist schuldig, keinen Deut weniger als ich, verstell' dich nicht", und schlug mit einer einzigen schnellen Bewegung die Decke zurück. Er hatte gar nicht darauf gerechnet etwas zu entdecken, drehte sofort ab und verschwand. Uli war seltsam zumute.

Der Göttinger Appell

David war mit dem SPIEGEL unter dem Tisch ertappt worden, Es war nicht nötig, auch nur einen Satz darin gelesen zu haben, um aus der Erregung des Klassenlehrers Kobalke spüren zu können, welch tödliche Seelengefahr, aber auch welch Nervenkitzel sich aus dem Besitz solch teuflischen Schriftwerks ergeben mochte. Haltloser Sturz in eine glaubenslose, eiskalte Gedankenwelt, in der nur Hohn und Spott herrschten, wurde von Kobalke allen in Aussicht gestellt, die sich dieser in der Demokratie ja nicht zu verbietenden Lektüre aussetzten. Der Erwerb solcher Hefte allerdings hatte für Schüler seiner Klasse als strikt verboten zu gelten. Allzu umständlich mühte sich der wackere Pädagoge, allzu abgenutzt war aber doch schon die Rede von den Werten eines Lebens im Geistigen – jenseits des „Somatischen", wie Kobalke, gestützt auf die Griechischkenntnisse seiner Zöglinge, zu nennen pflegte, was in seinen an der Tafel entfalteten „Seinstabellen" auf der untersten Ebene im Bereich der Materie rangierte. Also grimassierten die mutigeren unter den Schülern, David selbst gelang gar schon eine spöttische Miene auf dem von Wut und Ärger geröteten Gesicht. Und trotzdem weckte Kobalkes gestenreiche Sua-

da die Angst, sich vertrieben zu sehen aus dem abgesteckten Feld von Gut und Böse ins Freie, wo, was sich denken lässt, gedacht wird und getan wird, was sich tun lässt. Uli entdeckte, wie die aufkommende Spannung nach Abfuhr suchte bei denen, die beschwichtigend abwinkten, um mit ihrem Desinteresse an dem Gestreite Ruhe einkehren zu lassen, wie bei ihm selbst der Druck sich erhöhte, auf die Barrieren zuzugehen aus dem einfachen Grund, dass eben die von Kobalke heraufbeschworene Neugier nichts so verabscheute wie die Langeweile des Zurückbleibens. Es war unvernünftiger Widerstand mit Leib und Seele, der sich in einigen Jungen regte, ohne einen klaren Gedanken zu irgendetwas, das sich auf dem vernebelten Felde schon darbieten würde. Lächerlich musste dem Beobachter diese Szene des erregten Gegeneinanders erscheinen, in dem scheinbar an inhaltslosem Warum und Warum-nicht, Dürfen und Nicht-dürfen gezerrt wurde.
In der Griechischstunde ging es gleich weiter. Die kleine Pause hatte nicht ausgereicht, die Aufregung aus dem Klassenzimmer zu vertreiben. Mit seinen unter starken Gläsern schweinslistig blinzelnden Augen im Text, der dicht vors Gesicht gehalten sein musste, die Ausgangsstelle suchend, stürzte Pater Fein regelmäßig ohne jeden Übergang hinein in die fremdartig sich türmenden Sätze des Griechischen. Heute aber mündete der Schwung der letzten Schritte, mit dem er zugleich die schwere dunkle Tasche anmutig auf das Pult setzte und öffnete, um, sein Buch in der Hand, noch in derselben Körperdrehung vor den Schülerbänken Stand zu gewinnen, mit einem schrägen Blick auf die Jungen, die das Tuscheln nicht sein ließen.
„Kampf dem Atomtod!" mochte wohl wie in einem unsinnigen Anfall jemand aus der vorderen Reihe gerufen haben.

Sonst beschränkten sich die Rufer, und dies eher von hinten und zu weniger prekären Zeiten als gerade zu Anfang des Griechischen, auf „Elvis" oder das in Ulis Klasse besonders albern-beliebte „Die Russen kommen", um alle an die Fenster stürzen zu lassen. Jetzt klang der Ruf befremdlich wie eine schüchterne Provokation, die nicht recht weiß, ob sie sich selber ernst nehmen soll. Der Effekt überraschte Uli. Fein nahm das Buch vom Gesicht, ließ ein Lächeln seine ohnehin rundlichen Wangen noch voller machen, trat rückwärts hinter das Pult und sank dort auf den sonst nie benutzten Stuhl. Wie in einem Rinnsal, das an sich harmlos, aber umso bedrohlicher wirkt, wenn es aus feinen Rissen eines Staudammes dringt, begann zuerst eine kleine Spöttelei über die Allgegenwart winziger Atome in Totem und Lebendigem gleichermaßen, so dass der Einfall, das „Atom" mit dem Tod in eine Parole zu verketten, sich auflöste in einer kleinen Wolke aus Unsinn. Dann brach es hervor gegen die Herren Professoren, die auf dem gerade verbreiteten Foto in ihren grauen Anzügen mit den breiten Hosenbeinen, die wie einstürzende Säulen über die Schuhe noch hinaus niedergingen auf die Freitreppe des Göttinger Instituts, gewarnt hatten vor dem Rüsten der eben aufgestellten Armee mit atomaren Waffen. Sie, die Atomforscher aus der vordersten Front, wurden mit vernichtender Logik ins Heer der namenlosen Bürger zurückversetzt, die in demokratisch gleichgestellter Kompetenz zu politischen Entscheidungen sich äußern konnten oder auch nicht, unabhängig davon, ob sie sich im Aufbau der Atome oder im kunstgerechten Backen von Brötchen auskannten. Allzu gern hätte der schlaue Pater das unlogische Zusammen von physikalischer Kenntnis und politischer Einflussnahme zu einem bedeutungslosen Nichts zerfließen sehen. Uli selbst begriff nicht, woher der Widerstand aufstieg, der so ausgelegten Logik auf den Leim zu gehen. Wie aus dunklen Kanälen gespeist, setzte er sich in fast allen Schülern fest und trieb sie zu Gegenreden, die, kaum geäußert, schon unter dem Messer der Argumente Feins erlagen. Eine Wut entstand und breitete sich auch in Uli aus, der mit den Anderen seine Sätze ins Gefecht schickte und schon im Sprechen wusste, dass sie falsch gerüstete waren, um bestehen zu können. Es war aber kein geordneter Rückzug möglich, denn wohin? Fein kämpfte seinerseits mit den Schlingen, die er auslegte, wenn er, wieder und wieder der Prominenz der appellierenden Forscher spottend, an das selbständige Urteilen seiner Schüler appellierte und sich, ohne selbst zu begreifen, wie, im feindlichen Graben gegen die eben sich regende Selbständigkeit wiederfand. Uli staunte über die Sicherheit, mit der er selber an einer Auffassung, die doch beständig ins Unhaltbare abgedrängt wurde, festhielt, als sehe er im Vergleich des Verteidigungsministers Strauß, wie er sein pralles Gesicht herzeigte, mit den eher mageren, fast hohlwangigen und die Augen verdeckenden Mienen der Männer in Göttingen die bessere Wahrheit.

Jugend vor Gott

Sein schwarzer Anzug war das, was man speckig nennt. Die siebten bis neunten Klassen waren in den Musiksaal zu ihm beordert worden. An diesem Vormittag fiel der Unterricht aus. Dem fremden Pater von auswärts ging der Ruf voraus, in allen Untiefen des Umgangs mit heranwachsenden jungen Menschen wohl bewandert zu sein. Es gelang Uli in den hintersten Reihen eine Stelle zu finden, er gehörte sowieso zum jüngsten Jahrgang und hatte von Anfang an das ungute Gefühl, so fehl wie nie am Platze zu sein. Der smarte Pater Labratz, der ansonsten an der Schule die Jugendgruppen des ND, des „Neuen Deutschland", altersmäßig gegliedert nach Wölflingen, Füchsen, Knappen und Rittern, mit leblosem Charme betreute, hatte in der ersten Stunde des Tages den Schülern die Messe gelesen, sodann in den Klassen der Reihe nach besprochen, was kommen sollte. Als führe eine warme Hand unter sein Hemd, musste Uli sich sagen lassen, seine Kindheit gehe dem Ende zu, ungekannte und ungeahnte Anfechtungen näherten sich und nicht früh genug könne damit begonnen werden, sich zu wappnen. Mit freudloser Lust mahlte Pater Labratz seine Worte vor der Klasse, indem seine markanten Kinnbacken in gemessenen

Abständen die Suada zu Sätzen zerbaßen. Panik drang in Uli ein, der nichts verstand, nur verstand, dass ihm gesagt wurde, sie verstünden es noch nicht alles. Dieses „noch" öffnete sich wie ein Schlund, der alles, woran die Herzen der Schüler hingen, hinabzuschlingen drohte. Uli konzentrierte sich darauf nicht hinzuhören, wie vom Verrat an der Mutterliebe – wodurch nur? – oder war es der Verdammte selbst, der sie dem Schoß der Mutter Gottes zu entreißen sich anschickte – wohin nur? – geredet wurde, und stattdessen das Spiel der Falten im schwarzen Priesterrock des Pater Labratz zu beobachten, die im Schwenken seiner Arme und dem Wanken seines Oberkörpers immer wieder brachen und neu entstanden. Es wurde von ihm gemunkelt, er halte sich für einen schönen Mann, unerhört genug für einen Soldaten Jesu, so dass Uli dieses Gemisch aus Lächerlichkeit und Anmaßung ausreichte, um die Ansprache des Mannes in Distanz zu halten. Er tat dies, ohne es in Worte fassen zu können, aber auch jetzt blickte das Gerücht kichernd aus den Falten und half ihm.

Mit einer fahrigen Schlussgeste riss der Pater eine Kiste auf, aus der er sodann für alle Schüler ein Buch in rotem Plastikeinband hervorholte, das jeder Einzelne vorn in Empfang zu nehmen hatte. „Jugend vor Gott" las Uli und blätterte in den Seiten. Er liebte den Geruch neuer Bücher, schnupperte hier und da zwischen den Seiten; Psalmworte in Fraktur, Gebete um Reinheit, Spruchweisheiten wie „Jugend ist Trunkenheit ohne Wein", kleine Erzählungen, Lieder mit Noten dabei, Fotos von Jungen neben Mädchen, Hand in Hand auch. Ulis Hand wackelte mit dem Bändchen. Es ging los in den Musiksaal.

Der Speckige stand bereits händereibend auf dem Podium,

wo sonst die kleinen Orchester oder Chöre sich aufstellten, und blickte mit allzu gütigem Lächeln den Scharen der Jungen entgegen. Das Laster war zu besprechen, das die Jugend in erster Linie bedrücke. Der Schreck, schon erkannt zu sein, schlug um Uli herum seine Wellen, in denen ein Gekicher hier und da gleich wieder unterging. Die Schläge der in leiser Eindringlichkeit ausgeführten Sätze trafen wie blindlings und unterschiedslos die schon Schuldigen und die Ahnungslosen wie Uli, die nun von der gewaltigen Macht der gebrandmarkten Sünde der Lust hineingezogen wurden in die hilflose Ahnung kommender Verschuldung. Es schwäche wohl den Körper, sauge vor allem alle Klarheit und Reinheit aus der Seele. Unendlich schwer sei es loszukommen aus dem Verhängnis dieser Todsünde. Wie Bleigewicht zog das Wissen, das hier verbreitet wurde, Uli nieder, der unversehens von sicherem Boden auf sumpfiges Gelände vertrieben war, weit entfernt von den sicheren Inseln des Begreifens, die ihm zur Freude manchmal in Mathe und in Sprachen und Literatur zu unverhofftem Halt aufgetaucht waren. Es half ihm gar nichts, wenn ihm gerade nur der Klassenkamerad einfiel, der auf der letzten Klassenfahrt hoch oben auf dem Schrank getanzt hatte, den Kopf schon gebeugt unter der Zimmerdecke, nackt die Beine werfend und trillernd in übertriebenem Stolz seinen Schwanz schleudernd und schwenkend. Uli hatte mit den Anderen begeistert geklatscht über so viel subversive Demonstration von Verbotenem. Aber hier war Gewaltigeres im Spiel.

Es zog die Waldszene herauf, die Ulis ältere Brüder gern erzählten: Zeltlager in den ersten Kriegsjahren, Gruppenführer bei den Jungen und Pater Overdeck im Führungszelt; knapp bemessene Lebensmittel, im Zelt des Paters Wurstdosen wie sonst nirgends. Einmal auch feierliche Ausgabe einer Dose pro Zelt. Die Jungen öffnen und essen sofort die Wurst. Aufgedeckte Schande fehlender Beherrschung, ständig wiederholt das Gebrüll: „Diese Fressgier!" – ausgesprochen wie „Fressgiiöö". Immer hört Uli diese von den Brüdern nach Art des großen Schreiers im Radio genüsslich imitierte Verdammnis, wenn einzelne Jungen in den Wald geführt werden, Hose runter: „Alles Natuuur, mein Junge, alles Natuuur...", lang gezogenes „u", Vorhaut zurück, alles gesund, alles natürlich, alles in Ordnung, Hose rauf.

Uli stand im Nebel des Musiksaals und dumpf schnürte ihn ein, was da gegen Schluss der langen Rede über Vertrauen ertönte, das gehabt werden sollte. Ich bin das nicht, auf den sich dies legt, zog Uli sich aus der wachsenden Enge, ohne ihr zu entkommen; an anderem Ort bin ich; aber wie soll ich jemals hier herauskommen und dorthin gelangen. Diesseits und Jenseits das Schema, ohne Inhalt aber das Jenseits, aus dem schon zurückgefallen war ins Diesseits, was alles an Inhalt hineingeredet war. Die Spaltung saß in den Knochen und brachte mit einem leichten Zittern Uli zum Frösteln.

Nachbarn

Die Häuserzeile war gleich neben ihrem Haus unterbrochen. Bis zum Abriss der Ruine hatten Uli und Anna mit den Kindern aller Altersstufen hier gespielt. Von der Front stand nur noch ein kleiner Rest Mauer, deren Simse den Jüngeren auf die ersten Kletterspiele ausreichten. Dahinter wellten sich die Erdhügel, auf und ab dem Lauf der Kinderbeine entgegengeschwungen, Backsteine, Rohrstücke, Drähte, Blechteile in wirren Haufen und spärliches Grün dazwischen. Dann der steile Anstieg zu der abrasierten Haushälfte, die noch stand, nur den Älteren und Mutigen vorbehalten. Die aufgerissenen Wohnstuben, Küchen, Badezimmer starrten auf sie herab, als seien sie wie in Dornröschens Schlaf zu ewig stummem Erschrecken über ihre unglaubliche Blöße verdammt. Uli freute sich jedes Mal beim Anblick der blanken Kacheln und der noch intakten Zimmertapeten, die ihre Muster Tag für Tag offen legen mussten, während längst entschwunden war, wer sich je ihrer hätte schämen können. Zum ersten Stock war der Aufstieg zu schaffen, einige eilig vernagelte Bretter versperrten allen den Weg, die tiefer in die Ruine eindringen wollten. Vorsichtig ließ sich auf den alten, doch schon geschädigten Dielen mit der Hand an der Wand entlang tasten, von unten bestaunt und bejubelt. Nach jahrelangen Gerüchten und Gerede unter den Nachbarn rückten tatsächlich eines Tages Baumaschinen und Lastwagen zum Abräumen an. Was noch stand, wurde fachgerecht zum Einsturz gebracht und weggeschafft. Der Platz leerte sich und eine Baugrube entstand für ein neues Fundament. Die Kletterspiele hatten sich für Uli vorher schon erschöpft, aber jetzt verlegten sie ihre Fußballkämpfe von der Straße auf den weichen hellen Sandboden der Grube, die unbewacht und bald unbeachtet lange offen lag, so dass sie sie fest in Besitz nahmen. Nachmittags füllten sich von allen Seiten die spielenden Parteien auf, bis die Mannschaften wieder abbröckelten, wenn in der Dämmerung die ersten aus den Fenstern hoch oben gerufen wurden und die letzten fast bis zur vollen Dunkelheit im Sand um den Ball kämpften. Wenn Uli schließlich mit Holger, der auf derselben Etage wohnte, ermattet und glücklich, die Schuhe schwer von Sand, aus der Grube stieg, blieb er hungrig nach dem nächsten Spiel. Auch Holger schien es so zu gehen, nur die Verabredung für den nächsten Tag und die Gewissheit, sich wieder mit den Anderen zu treffen, machte das synchrone Klingeln an ihren Wohnungstüren und den unausweichlichen Eingang in ihre Familien erträglich.

Warum tauchte Lutz nie in der Grube auf? Er wohnte ein Haus weiter jenseits der Trümmer. Er hatte rote Haare. Nur ein seltenes Mal saß er bei Ulis Mutter in der Küche. Er war nicht verlegen, aber fremd wie ein aus dem Nest gefallener Vogel. Er ruckte neugierig den Kopf und guckte wie aus einem Käfig ohne Gitter. Dabei redete er viel. Uli war verlegen, weil Lutz eher zufällig in ihre Wohnung geraten war, keinesfalls ein üblicher Spielfreund. Ulis Mutter fragte wenig, aber intensiv. Lutz hatte ältere Geschwister, eine erwachsene Schwester und wohl auch einen Bruder. Sie gehörten nicht zu Ulis Gesichtskreis. Der Vater aber wohl. Jeder in der Straße kannte Herrn Dassel. Er zog sich an den Metallstangen der Vorgartenzäune von einem Schritt zum nächsten. Er trug einen etwas verblassten nadelgestreiften braunen Anzug mit weitem Schlag. Er hielt den abwesenden Blick zu Boden oder auf die Gitterstäbe der Zäune. Er zitterte leicht, in langen Pausen stand er auf der Stelle, ohne sich zu rühren. Ulis Eltern verschwiegen nicht, was geschehen war, aber es drang trotzdem wie aus tiefem Nebel zu Uli, dass Herr Dassel ein großer Industrieller gewesen sei, zu seinem Unglück mit einer „Halbjüdin" verheiratet, die zu schützen er seine Stellung, sein Vermögen, seine Gesundheit und Existenz zu opfern hatte. Und „noch großes Glück" hatte, dass dies, wenn auch unter vollständigem Aufreiben seiner Lebenskraft in einer Kette „furchtbarer" Schläge, offenbar gelungen war. Das Wort „Halbjüdin" klang im Mund der Eltern wie ein verletztes Geheimnis und sperrte sich dann auch in Uli wie ein unzugänglicher Raum aus einer verlorenen Zeit, so dass eine unüberwindliche Kraft daran hinderte, in ihn einzudringen und ihn womöglich dem offenen Licht auszusetzen. Mit jedem seiner schleppenden Schritte entrückte der gebrochene Mann die kleine Straße, die Uli so vertraut war, in weitere nebelhafte Ferne. Jede Erinnerung an Lutz' Vater bannte Uli aufs Neue an das Niemandsland, das dieser Mann durchzog, in dem das Lebendige in unsichtbarem Dunst erstarrte und das feste Land sich auflöste wie am Ufer des Acheron. „Laufmaschen-Reparatur" und „Leihbibliothek" hatte Uli von der Straße aus auf dem Schild im Wohnzimmerfenster der Parterrewohnung der Dassels gelesen. Tatkräftig durchschritt die große Frau – Uli glaubte sie nie mit Lutz zusammen gesehen zu haben – die fremden Kinder, die vor dem Eingang spielten. Uli nahm den fast herrischen Stolz ihrer dunklen Augen wahr und die Stärke, den Kampf, und sei es um Groschen, aufzunehmen in einer Zeit und in einem Land, die für sie verloren blieben.

Lutz griff munter nach einem Brot, um mit Uli und Anna zu essen. Er hippelte nicht unsicher, aber freundlich nervös auf seinem Stuhl, erzählte fahrig von seiner Musik, seiner Gitarre, griff nach der Mundharmonika, die Uli besaß, aber nie spielte, trotzdem stolz auf das „Hohner", das auf der Seide im Innern des Etuis prangte. Lutz ging gleich damit um, brachte Töne hervor, spielte, verabschiedete sich unversehens. Nie hätte Uli sich getraut, einmal bei Lutz zu klingeln.

Abschlussfeier

Von überall her schickten die katholischen Eltern der Stadt ihre Jungen auf die Jesuitenschule, die Uli besuchte. Der bunte Haufen, der sich anfangs in der „Quarta", wie die älteren Lehrer noch sagten, aus allen Stadtteilen zusammenfand, verlor nach Ablauf des ersten Schuljahres die schillerndsten Vögel. Sie fielen schnell durch das strikte Gerüst, das die Lehrer-Patres rasch errichteten, um ideologische Stabilität in alles, was das Leben noch so bringen mochte, einzuziehen. Meist waren es Jungen aus „einfachen Verhältnissen", an denen dieses Gerüst nicht recht zu verankern war; manche „lernten schlecht", andere wussten nicht „sich zu benehmen", wieder andere brachten schon zu viele „schlechte Gewohnheiten" in die siebte Klasse mit, kamen unausgeschlafen und verspätet zur Schule, kannten sich in der Stadt aus, tranken gar schon Bier und rauchten. Die Söhne „besser gestellter" Familien genossen eine längere Frist der Nachsicht, dann allerdings verließen auch sie die Schule, heiterer als die Gescheiterten der allerersten Zeit, denn sie hatten ein geschulteres Verständnis von dem, was sie loswurden, und wurden nur auf „weltliche" Schulen hinübergeschoben. Die Verbliebenen kletterten durch die Jahrgänge dem durchaus ungewissen Schulerfolg entgegen. Auf jeder Ebene ergab sich hier und da ein Ausblick, wenn Schüler, die sich dem Druck der Unterrichtsstunden in eine Ecke des Gerüsts zurückzogen, in ihrem Kreis von den Wegen träumten, auf denen Andere weggegangen waren. Selten gab es auch jemanden, der die Kraft hatte, seine Eltern dazu zu bringen, ihn aus Kritik an Kirche und ihren Konzepten gehen zu lassen; von solchen wurde in kleinen Zirkeln länger geredet; ihre Gründe wurden erwogen, verworfen, bewundert. Uli zog denselben heimlichen Genuss aus diesen fruchtlosen Debatten wie die Anderen, die sich in jeder Klasse fanden – schon sie zu führen, erhob über den Alltag der gewalttätigen Erzwingungspädagogik, die in allen Fächern mal feinsinnig, mal grobschlächtig herrschte.

Ein besonderer Ort für die sich selbst noch unklare, aber sichere Widersetzlichkeit war die Turnhalle. Bei jedem Wetter in dem immer gleichen barschen Ton ließ Turnlehrer Drieß die Jungen zu Beginn jeder Turnstunde draußen auf dem Hof antreten „in Reih' und Glied", um sie dann auf und nieder und rechts und links und Hände vor die Brust und Arme zurückgerissen und Kopf hin und Kopf her zu kommandieren. Es war aber schon nicht mehr seine Zeit. Ohne dass die Jungen genau wussten, woher die humorlose Bitterkeit den Lehrer Drieß zu diesen Ritualen zwang, war doch schon die Ahnung, wie unsinnig solche Übungen für sie selbst waren, aus der Schülergruppe nicht mehr auszutreiben. Manche konnten ungestraft in schlaffen Schlenkern ihre Ablehnung demonstrieren, schlechte Noten in Sport galten sowieso als bedeutungslos. In albernem Trab ging es dann marschmäßig in die Halle zur Aufstellung der Größe nach. Die Großen sahen den ersten Übungen an den Geräten mäßig interessiert entgegen, unterdessen verbreitete sich am unteren Ende, in dem auch Uli sich befand, eine Stimmung, die fast die ganze restliche Stunde, unbehelligt von den Befehlen des Turnlehrers, füllte. Die Füße steckten in den billigen Turnschuhen aus schwarzem Leinen mit dünner Gummisohle und kühlten langsam aus, die nackten Beine fühlten das glatt lackierte Holz der schmalen Turnbänke, die sonstige Sportkleidung war hier bei den Schwachen und Kleinen schon kaum mehr zu finden. Fritz beispielsweise zog mit Vorliebe einen sehr weiten Pullover über, so dass die Gliedmaßen, die Herr Drieß gern als Turninstrumente in Verwendung genommen hätte, wie in einem Sack verschwunden blieben. Beim Zuschauen wurde Entsetzen gemimt über all die lebensgefährlichen Schwünge der Besten, heimlich auch wirklich Angst gefühlt, aber eher doch Genugtuung, dass sie solcher Übungen sowieso nicht für würdig erachtet würden und, wenn denn überhaupt noch die Reihe an sie käme, es reichte, in gespielter Anstrengung und Tollkühnheit an eins der Geräte anzurennen, um sogleich zurückzuprallen, niederzustürzen, hinzusinken. Die Sammlung der Schwachen am Ende sicherte ihnen die Solidarität nicht nur ihrer eigenen Leistungsklasse, meist auch die wohlwollende Billigung der Guten, die ihre unangreifbare Stellung in Drieß' Notenkalender befestigt sahen und am ärgerlich verzogenen und manchmal wütend verzerrten Gesicht des entmachteten Zuchtmeisters durchaus ihren Gefallen fanden. Unglaublich die Jubelschreie, wenn dann tatsächlich unerwartet einer von hinten in lachhaft nach vorne stürzender Haltung fast kopfüber den Bock übersprang, noch jenseits aus den Händen der Hilfestellung gleitend über die Matten hinausschoss. Rolf war berühmt dafür, an der Kletterstange wider Erwarten in wenigen Klimmzügen die Mitte zu schaffen, dann festzusitzen, vor zitternder Schwäche nicht höher, vor klammernder Angst nicht wieder zurück zu können, bis alle, das plötzliche hautschürfende Abrutschen schon vor Augen, gebannt starrten. So kamen auch die Letzten auf ihre Kosten. Die eher kleine Halle mit ihrem knarrenden hölzernen Parkettfußboden roch nach dem Schweiß der Körper, nach dem abgegriffenen Holz der Geräte und Bänke, nach Bohnerwachs, wenn der ganze Tross noch eine Abschlussrunde zu laufen hatte, bevor es hinaus und hinüber zu den Umkleideräumen ging, weg von diesem seltsamen Ort, an dem sich die leibverachtende Geringschätzung alles sportlichen ungeistigen Treibens, wie sie die Patres vertraten, mischte mit der hohlen Anstrengung des Turnlehrers, die Körper zu ertüchtigen. Einmal im Jahr siegte dann auch die eigentliche Bestimmung der Schule triumphal über den sonst geduldeten Gebrauch der Halle. Es war dies die Abschlussfeier zu Ehren des „bestandenen Abiturs" im höchsten Jahrgang. Auch jetzt allerdings hielt Uli sich mit Gleichgesinnten in den hintersten Reihen auf. In den ersten saßen die Lehrer und die neuen Würdenträger, die Eltern und der folgende Schülerjahrgang, auch dieser in dunklen Anzügen, krawattengeschmückt. Auf einem notdürftig errichteten Podest trat Professor Deckermann hinter das Rednerpult. Noch bevor er die ersten Worte seiner Ansprache in dunklen gurgelnden Lauten ertönen ließ, brachte seine untersetzte Gestalt mit dem bulligen geröteten Schädel eine Welt von Macht, Einfluss und Ansehen in die Halle, dass Uli an diese Gestalt gebannt blieb, auch wenn er während der folgenden Minuten den Sinn der Sätze nur schemenhaft erfasste, die vage und floskelhaft den Aufruf an die gläubige Jugend zur Mitarbeit am gesellschaftlichen Aufbau und der Leitung des Landes plump variierten. Jeder Zuhörer wusste, dass Professor Deckermann als Chefarzt und Leiter eines großen Krankenhauses sich nur nebenbei herabließ, auch noch als jahrelanger erster Repräsentant der katholischen Elternschaft dieser Schule zu präsidieren. Jetzt stellte der hervorragende Mann Satz um Satz die Kulissen der demokratischen Gleichberechtigung, der Zuversicht des Glaubens, der Notwendigkeit neuer Führungseliten in den Raum, während Uli vor diesen Kulissen scharf und drückend die Unzugänglichkeit hervortraten sah, die Jungen wie ihn aus der Welt des Professor Deckermann ein für allemal ausschlossen.

Kein Bedauern war darin, eher eine ferne Furcht in der überraschenden Wahrnehmung von so viel Fremdheit und Abgeschlossenheit. Aberwitzig der Gedanke, Sohn eines solchen Vaters zu sein, aber doch reizte es Uli im Getön der Abschlussrede, seinen Vater auf dem Schneidertisch als das kleine, zähe, drahtige Männchen mit seinen übereinander geschlagenen Beinen zu sehen, wie er gerade am Faden leckte, um ihn dann schnell und zornig durchs Nadelöhr zu schieben. Für „Kundschaft" wie Professor Deckermann hüpfte er beim ersten Klingeln gehetzt vom Tisch, um in der Rolle des „Meisters", der unterwürfige Freundlichkeit mit der abgemessenen Selbstbewusstheit des Fachmannes mischen durfte, die Damen und Herren zu empfangen, die nach Maßnehmen und Anproben und herablassenden Schwätzchen, bisweilen auch einer geleerten Flasche Wein, die bereit zu stehen hatte, die „Schneiderwohnung" wieder verließen. Dieser winzige Ausschnitt aus dem Leben der „höheren Kreise", die Uli buchstäblich hautnah erlebte, denn lange Zeit schlief er in einer Ecke des „Kundenzimmers" in einem Klappbett, über das bei unverhofften Besuchen der „Kundschaft" etwa am Sonntagmorgen nur das Tuch geschlagen wurde, unter dem er dann sich schlafend stellte, den Atem anhaltend, das Rascheln der Röcke und Kostüme anprobierenden Damen anhörte, dieser Ausschnitt also hatte ausgereicht, auch die Söhne des Professor Deckermann, die die Schule in größerer Zahl bevölkerten, hinter eine unsichtbare und undurchdringliche Mauer zu verbannen.

Der jüngste dieser Söhne war eine Klassenstufe unter Uli und trug es mit erstaunlicher Fassung, dass er lachhafterweise den entlegenen Namen des Heiligen Ansgar tragen musste, der auch der Schule den Namen gegeben hatte. Es war für Uli ein Zeichen derselben Unangreifbarkeit, die auch die älteren Brüder mit gewöhnlicheren, wenn auch christlichen Namen wie Thomas zur Schau trugen, wenn sie demonstrativ freundlich Umgang mit den Jungen einfacher Eltern hatten, schon geübt, Vornehmheit vom Ruch der Hochnäsigkeit freizuhalten.

Die Rede aus dem jetzt noch röteren schweren Gesicht des Vaters kam ans Ende, bevor Müdigkeit und Unaufmerksamkeit sich hätten ausbreiten können. Die letzten Worte von Zukunft und Glück tropften ab, und Uli nahm wieder, wenn auch schwächer, den Geruch aus dem Holz der beiseite geschobenen Barren und Turnbänke wahr.

Dreiecke

Wie aufgezogene Spielzeugfiguren klicken die Beine der Menschen vor und zurück, die in der Ferne jenseits des Parks durch einen kurzen Ausschnitt aus dem Grün der Bäume vorbeiziehen an einem Blumenstand, bis gelegentlich eine der Figuren stehen bleibt, ein wenig hin- und herwackelt und dann wie die anderen weitereilt. Uli blickt aus dem Fenster der Wohnstube, unbewegt auf dem Sofa vor dem niedrigen Tisch mit seinen Heften und Büchern, den Kopf seitlich gewendet. In der Ecke die neue Musiktruhe, dunkelbraun lackiert, magisch zuckendes und bis zum Strich sich zusammen ziehendes Katzenauge, 45er-Platten im Zehnerturm zum Abspielen bereit, allerhand Geklacke im Innern des zum harmlosen Möbels verschließbaren Stücks. Aus dem Magen steigt in Wogen die Langeweile des Sonntagnachmittags, die alles, in der Ferne die Bilder, im Zimmer die bekannten Farben, noch auf der Haut die Last der reizlosen Kleider, wegbrechen lässt. Die Platten der Brüder, die ewig gleichen gospels, Krupa und Armstrong, sind längst eine nach der anderen heruntergefallen. Woher plötzlich die Ortlosigkeit, die Uli nicht in Panik versetzt, auch nicht in Spannung, nicht in Neugier, in gar nichts? Der vierzehnte Geburtstag ist verstrichen. Die sonst mit einiger Anstrengung, aber doch auch neugieriger Spannung eingeladene Schar eingespielter Gäste der vorangegangenen Kindergeburtstage war einem glanzlosen Kaffeetrinken mit Eltern und Brüdern gewichen, das Uli sehr recht war. Die geschenkte Strickjacke, in der Uli dasitzt, schwimmt belanglos wie Hefte, Möbel, Stühle, Tapete um ihn her. Wie jede plötzlich leere Wohnung, in der sonst viele Menschen leben, erscheint sie Uli jetzt, wo alle Anderen weggegangen sind, wie eine lange verlassene Ruine fremd und voller unentdeckter Winkel. Eine geheime Lust regt sich, diese Zimmer, von denen keines einem der Kinder allein zugeteilt werden kann, für die wenigen kostbaren Stunden des Alleinseins zu besetzen. Seit einigen Wochen hat Uli sich das „Kabuff" erobert, eine ehemalige Speisekammer, in die exakt ein Bett passt, so dass sich die Tür von innen nur schließen lässt, wenn Uli auf dem Bett kniet; ansonsten auf den Borden noch als Abstellkammer und mittags für das Schläfchen der Mutter genutzt, dient dies Kabuff Uli doch als Schlupfloch, wenigstens nachts aus der Kindheit wegzuschleichen und für sich zu sein.

Eine Schulaufgabe verlangt eine Schere. Mit fast vorsichtigen Schritten streift Uli aus der Wohnstube in den Flur, die Werkstatttür steht offen. Uli bewegt sich durch die üblichen Bilder, üblichen Gerüche und die feinen Töne, die für das Ohr des Vertrauten auch eine leere Wohnung nie verlassen. Die Scheren liegen gleich vorne an zwischen dem Kasten mit den Schneiderutensilien und einem Stapel aus Notizzetteln, Resten von Schnittmustern, Prospekten, alten Bistumszeitungen der Diözese Osnabrück, der katholischen Zeitschrift „Frau und Mutter", Mitteilungen der Innung und der Kolping-Familie. Uli blättert in den Papieren, gedankenverloren. Auf Glanzpapier erscheint ein blonder Frauenkopf, der den Betrachter ergeben anlächelt. Uli zieht die Broschüre heraus und öffnet sie. Komisch gequetscht kniet eine füllige Frau in einem Korbstuhl und lächelt etwas betreten über ihren großen nackten Brüsten, während sie neckisch die Füße spreizt. Nicht weniger betreten, lässt Uli sich locken auf ein Feld, auf dem auch sein Vater offenbar nur insgeheim umherschleicht; die nächste Seite präsentiert eine stehende Frau, die einen Krug auf einer Schulter hält, die dunklen Warzen ins Schräge verschoben. Und dann erst erinnert sich Uli, dass auf dem ersten Bild dem Korbstuhl ein merkwürdiger Ausschnitt fehlte, hier nämlich ist ein Dreieck herausgeschnitten, wo die Beine in die Hüfte hinauflaufen, dass kein Härchen übrig geblieben ist. Und so sieht Uli auf allen folgenden Seiten die schwere Schneiderschere in der harten Hand des Vaters hineinfahren in die Frauenkörper, jedes Mal ein Dreieck hinterlassend. Das Dreieck der männlichen Dreifaltigkeit Gott Vaters, Gott Sohnes und des Heiligen Geistes hatte in Ulis ersten Religionsstunden ein Auge, das „alles" sieht, in die Mitte gesetzt bekommen. Und so verbrüdert sich die hilflose Flucht des Vaters vor dem weiblichen Geschlecht mit dem Blick aus Gottes Auge, der Uli von Bild zu Bild treibt, ihn schon auf die Fluchtlinie bannt mit den gnadenlosen Fesseln der Angst, er könne einhalten, verweilen, wahrnehmen. Und so rückt die zerstückelte Szenerie dieser Glanzpapierseiten, im Aufruhr des Herzschlags in die Erinnerung für alle Zukunft verwoben, wie ein Minenfeld vor die im Nebel geahnte und mit jeder Sehnsucht weiter entrückte Wirklichkeit.

Ein paar Mal noch kann Uli die Broschüre unbeobachtet hervorziehen und sich dem Reiz eines Gefühls aussetzen, in dem das einsame Gefallen an diesen verlockenden Gestalten und die Scham über das verletzte Blickverbot so wunderlich in den leeren Dreiecken zusammenfließen. Und dann war sie eines Tages verschwunden, ohne dass je Ähnliches wieder aufgetaucht wäre. Gesprochen hat er darüber nie mit jemand, natürlich auch nicht mit Anna.

VII

Abschied

Zwanzig Jahre später wieder im Krankenhaus, einer vornehmen Privatklinik, die sich den Anschein eines besseren Hotels zu geben bemüht – vergeblich, denn schlurft einer der Patienten über den Flur, verfliegt der Schein.

Wieder ist eine Schneise in den Alltag geschlagen.

Ich sage gern, ich hätte keine Träume. Jedenfalls könne ich mich nicht an meine Träume erinnern. Jetzt habe ich aber einen geträumt. Wenn ich ihn zu erinnern versuche, glaube ich, das sichere Gefühl, das sich sogleich einstellt, nämlich ihn schon oft geträumt zu haben, sei doch falsch, und dieses sichere Gefühl sei selbst nur ein Teil dieses einmaligen Traums. Ein grau-silberner Fahrstuhl trägt mich in einem menschenleeren Gebäude nach unten, mit saugendem Geräusch hält er an, die Tür schiebt sich auseinander, und das Gefühl, in banger Erwartung aus dem Inneren des Korbes irgendeine fremde Etage irgendwo in der Mitte zu betreten, verschmilzt mit dem Blick, der von außen das ganze hohe Haus erfasst, konzentriert auf das Stockwerk, in dem jemand aus dem Fahrstuhl tritt, allein in einem Haus, das sich nach oben und unten in einem fahlen silbernen Licht auflöst.

Natürlich ist es ein Gedanke, der in den Halbschlaf, aus dem er stammt, zurückgeschickt werden sollte, ein Traum zeige einen feinen Riss, eine Nahtstelle an den Stellen, die unser Leben zusammenhalten.

Einige Wochen später habe ich mich zu einem Besuch entschlossen. Eine meiner Schwägerinnen begleitet mich.

Ein verhaltenes, fast schüchternes Klopfen. Ich trete mit meiner Begleitung in das stille Zimmer. Auf der Couch liegt unter einer flüchtig aufgeschlagenen Wolldecke eine kleine Gestalt, die sich nicht regt.

„Guten Tag, Edith, wir sind es, geht es dir gut?"

Sie bewegt sich, bringt sich unvermittelt in eine aufrechte, steife Sitzhaltung, ohne die Besucher anzuschauen, und murmelt etwas vor sich hin.

„Das ist Beate und das bin ich, Ulrich, du erkennst uns doch?" Mich streift kurz ein verhuschter Blick, ein kaum erkennbares Lächeln, weder verschämt noch besonders erfreut. An der Stirn und am Kinn sind die Wunden von den Stürzen aus dem Bett zu erkennen, von denen das Personal berichtet hat. Ediths Tochter, meine Nichte, die sich kümmert, hat bisher eine Fixierung für sie abgelehnt.

Jetzt legen ihre starren Blicke unverständliche Achsen durch das Zimmer. Es scheint sinnlos, diesen Blicken zu folgen. In wackliger Haltung zieht sie sich am Couch-Tisch in die Höhe, eine innere Unruhe, die vermutlich gar nichts mit unserer Gegenwart zu tun hat, treibt sie, im Zimmer umherzugehen. Ich darf sie nicht stützen, sie strebt wieder zur Couch, als hätte sie ein lange gesuchtes Ziel erreicht. Gleich darauf zieht sie sich wieder mit zitternden Händen an der Tischkante hoch und die unwirkliche Wanderung beginnt von neuem. Die wenigen, immer wieder leise gesprochenen Worte „Muss ja" und „Ja, so ist das" geben keine Möglichkeit, ein Gespräch zu beginnen. Irgendwann gelangt Edith an ein Bord, auf dem ein Album mit Fotografien liegt. Wir blättern gemeinsam darin. Ihre Geschwister erscheinen, mein ältester Bruder Wolfgang, der ihr Ehemann war und vor zehn Jahren verstarb, Kinder und Kindeskinder. Während wir noch suchen, was und wen wir erkennen können, ist Edith längst wieder auf dem Weg zur Couch.

So abrupt, wie wir in diese Welt eingebrochen sind, verabschieden wir uns. Edith drängt mit uns aus der Tür in den Flur; an der Flurtür ins Treppenhaus müssen wir sie mit unsicherem Zwang davon abhalten uns zu folgen, bis eine Schwester im Vorbeilaufen sie kräftig fasst und umlenkt. Betreten finden wir uns in der lauen Luft des Vorgartens wieder und steigen schweigend ins Auto.